当代诗人自选诗

回澜之诗

杨然——著

成都作家书系·第1辑

四川文艺出版社

图书在版编目（CIP）数据

回澜之诗 / 杨然著. — 2版. — 成都：四川文艺
出版社，2019.4
ISBN 978-7-5411-5315-0

Ⅰ. ①回… Ⅱ. ①杨… Ⅲ. ①诗集-中国-当代
Ⅳ. ①I227

中国版本图书馆CIP数据核字（2019）第047048号

HUILAN ZHISHI

回澜之诗

杨 然 著

责任编辑　程　川　周　轶
封面设计　鸿儒文轩·书心瞬意
内文设计　史小燕
责任校对　蓝　海

出版发行　四川文艺出版社（成都市槐树街2号）
网　　址　www.scwys.com
电　　话　028-86259285（发行部）　028-86259303（编辑部）
传　　真　028-86259306

邮购地址　成都市槐树街2号四川文艺出版社邮购部　610031
印　　刷　三河市华东印刷有限公司
成品尺寸　142mm×210mm　　　开　　本　32开
印　　张　9.25　　　　　　　　字　　数　190千
版　　次　2019年4月第二版　　印　　次　2021年4月第三次印刷
书　　号　ISBN 978-7-5411-5315-0
定　　价　48.00元

我正在鸟语花香的这口窗前

给自己描绘遥远的未来

目录

南路篇：杨柳依依

北门篇：三星在户

东河篇：七月流火

西窗篇：雨雪霏霏

南路篇：杨柳依依

记住或忘掉

要记住你

正如要记住自己的名字

而自己的名字不需要记住

要忘掉你

正如要忘掉自己的影子

而影子无论怎样遗忘

它也不会丢掉

我对你不存在记住不记住的选择

正如我对我不存在忘掉不忘掉的道路

中秋夜是在绵绵阴雨中冷冷度过的

但是月亮依然存在

比望见它更圆

锁在心中的甜蜜

比画在脸上的更美

沉默中的思念

比挂在嘴边的深远

就这样我宁愿用眼睛而不愿用肤色

宁愿用诗句而不愿用誓言

表白我爱你

你走后我在灯下又写了秘密的梦境

宁愿在春天分手

不愿在冬天相逢

就这样我宁静了

像一棵缄默的树

宁愿站着等你

不愿爬行着跟踪

要记住你

就记住你是我的第二次诞生

记住你是我的第二个姓名

要忘掉你

就忘掉我认识你之前的你吧

你是我的第二个我

我怎能忘掉

1987年深秋于斜江村

灿灿的传说

你问你是从哪里来的
你是从河边捡来的
那天培培到河边去洗衣服
回来就听见盆子里有娃娃哭
于是她就成了妈妈
我就成了爸爸
你是从河边捡来的

所以我们家离斜江河很近
每夜都听得见水鸟的音符
星星总是默默无语
阳光在水面闪闪烁烁
在这岸听来是你的生日
向那岸望去是你的乳名
妈妈总爱梦见涨大水
我总爱梦见鱼
你是从河边捡来的

从初春细雨开始

麦苗青青而新草嫩绿

漩涡里肥鱼跳跳

到上游去悄悄产卵　昆虫醒来

蝴蝶和花打成一片

花又和花站满枝头

入夏　经过一夜清凉浇灌

豆子熟了瓜儿熟了水果也熟了

金色的稻谷收割之后

雨水又来　河流依然饱满

到了过年彩雪纷飞

你看　谁能离开水的亲爱

你是女孩子　你是阳光的孩子

始终都要依赖水的变幻啊

总有一天

你也会从河边归来

给世界又一个美丽母亲

其实河流就是母亲

母亲就是河流

家家户户的源头　都在黄河长江

连连绵绵无穷的生命

你要我给你讲故事
我就在这梅雨之夜
给你讲《灿灿的传说》

1988年夏于斜江村

迷恋社会

太阳以万种光芒的眼睛

看珍珠，每一颗都是一座响亮的城

看云，每一朵都是变幻的社会

我来了，走在著名的广场和大街

想起原始部落、猿人和山洞

心，就发生一阵阵奇妙的咏叹

面对林荫和高楼，产生深深的迷恋

月球的眼睛悠悠万古

洞穿千年烽火，百万马蹄

庄稼返青的岁月，窗口在重新设计

回归琴弦、酒杯和彩笔

我是人，珍惜来在社会的唯一机会

每天都有人影一棵棵消失

婴儿萌芽般诞生，雨点般啼哭

我来了，为在遥远的日子永恒飘逝

点点滴滴热爱水和阳光

人群深奥、陌生、熟悉又亲切

制服和时装都是活着美的见证

珍惜文凭、职称、工资和奖金

节假日自由自在走进商店和剧院

我活着，没有理由不乘船坐车

运气好的时候登上高贵的飞机

没有理由不看电视

尤其是新闻联播和动物世界

不可能不逛书店、公园

拜访学友，参加婚礼或葬礼

活在这个世界有人欣赏也有人贬低

而每一次握手、碰杯，我都很珍惜

每一次签名都一往情深

发表抒情诗也是生存方式

我活着，就算居住在石头深处

也脱离不开这个社会

关注时代的风风雨雨

没有理由不看书、写信，出席晚会

每一条消息都和我息息相关

联合国，奥运会、绿色和平组织

我是人，来在这个世界自尊自爱

为了这唯一的生命没有后悔

眼泪是正常的风，笑声是自然的梦

迷恋社会，迷恋唯一的自己

当钟声沉淀了尘埃灰烬

我将坦然睡去，无所谓彼岸与碑

活着，应该享受的青春绝不浪费

应该动情的灵感绝不虚伪

洗衣、做饭、评改作业与上街买菜

这一切劳动我都迷恋

当最后的星座回光返照

让我轻轻说：这个社会，我来过……

1990年

妄想，也许

旧诗句的影子

留在记忆的刀口上

谁想抹去，谁就会受伤

妄想全新的人儿啊

你要在怀念的时候，格外当心

下雪那天你拒绝沏茶，窗子大开

就连炭火也怕结冰

被白色圆舞唤了出去

你在原野走来走去

灵感的碎片纷纷而来，迷乱视线

深刻的边缘寂静无声，干掉自身

就让道路条条掩埋

随便在哪个乳汁的深渊

顽童的高度，比帽子还高

树子在一夜之间粘满星光

妄想全新的人儿呵

还想不想疯狂的夏天？

或者黄昏，在油画深处

你还眷恋不眷恋火样的情调？

现在雪呢下得正紧

蜕皮最怕心灵伤寒

冬眠更怕光芒刺穿

叫你浪子吗或叫你好人

都会在原野学会陶醉

也许真会全新，一个旧世界宠儿

一觉醒来突然离家

随便投奔一个星座

也许危险，也许失踪

也许你远方的情人正在赶路

雪啊雪啊下个不停

1992年5月

我就是黑脸杨然

我就是黑脸杨然

刚刚从南非归来

投了德克勒克一票

一张可有可无的价值

回到乡村，依然教书

圆周率和勾股定理

方程组和三角形

我历来如此

好就是好，恶就是恶

我见不得两面三刀

也见不得阴阳怪气

当小白脸在舞台上唱大红脸

我正在台下，找魔鬼跳舞

要么帝王，要么乞丐

最恨有人爱当太监

我写诗，也教数学

对学生要么最黑，要么最白

放学后找酒喝

总是乡村牌的正宗粮食酒

十五年过去了，也习惯了

我在中国写诗

写最野的诗

其实也是最老实的诗

一就是一，二就是二

就像我改数学作业

答案没有多余的选择

一个图形看成另一个图形

一百分就成了泡影

我的朋友也多是这样

要么天使，要么魔鬼

没有中间地带

人不人鬼不鬼的那种

我讨厌而且拒绝

一首诗浩浩荡荡

要么三军仪仗队

要么草原上的马群

二十年过去了

我很快乐，也很忧伤

我就是黑脸杨然

至今在乡下写诗

以及教书，说幂的乘方

积的乘方，中国的乘方

生命的乘方和宇宙的乘方

答案要么是零

要么是正无穷大或负无穷大

一旦写起诗来

就什么答案也不顾了

或者彻彻底底地大哭

或者轰轰烈烈地大笑

1995年

在雨的背上，花，回来了

在雨的背上　花　回来了

款款地　以情人的步履

如果伤痛难以忘怀　就像杨然早年的恋人

我们相识　分手　很快和各自的配偶结婚

挣钱　生小孩　做着日升月落的事情

而春天却在不远处　不知不觉还是从前的好模样

这晶莹的花该记得人类最美的泪

除非午夜　除非到了尽头

一个人饮着：迷梦　粉碎　绝恋或者永久

而在相思般消瘦的冷冰冰枝头

因这小花的轻轻一摁　三月　就凸现了出来

如同埋藏很深的初恋往事

这花依依呼吸　就唤出了铭心刻骨的名字

好鸟性的名字　鱼的名字　初雨或者初雪

款款地　在你不经意时候　她回来了

有名有姓地回来了　我会朗诵名诗的句子

我会背诵名画的颜色　以及歌词和曲子

深锁的心　隐藏的梦　坚定的依恋和忧伤

这一切　随着小小的花依在雨的新背上

一声不语地回来了　看我的红烛冉冉孤独在午夜

我点的藏香依然如魂　最轻最轻的小情人

她始终不语　拥有艰深的耐心和魅力

不怕你骄傲和拒绝　无所谓寂寞或清冷

依着月色的呵护或朝霞的轻抚　她回来了

在你独自听雨倚窗　或者迷离看花时候

她为你显影那些离别已久　珍藏深深的名字

够我伤心　够我失眠的从前的午夜

在树上低吟的风　在枝头上下滑

黎明反叛的泪　以虚无的手拧碎行刺的花蕾

幻灭中出现斗士　黑狗　为谁的白马干杯

我好久没有饮外地产的红葡萄酒了

好久没有同远方的人儿美梦不眠地温柔

乱乱的夜　可让思绪乱得出奇吗

在花园和墓园之间　让流星突然下跪

在丑陋岁月追赶老牛破车的门前　让故乡一直下雪

不再埋怨往年的蜡梅　也不再责怪玫瑰

因为此刻　在雨的背上　花　她回来了

在雨的背上　花　她真的回来了……

2001年2月19日

临邛伊梦

依依的临邛一梦醒来
我又回到了月宫山上
嵯岭草长的季节，是蛇醒来的四月
满目都是寂寞的青，青春的青
我食夏溪沟的玉米馍度日
饮着干干净净的溪水
虫鸣，风吹，月光骚动的知青日子
记忆的墙头爬满长草的野云

待到许多浮云翻过山头的仰望
才知道遥遥相望的南高山上
长眠着一位古代女诗人
一场失火把她送进监狱
一首好诗为她换回了清白
黄崇嘏，这位爱扮男儿的临邛才女
正当英俊年少，却把鸾镜永远抛了
蛾眉也不画了，满怀青松情操
挺立白壁的意志

终身不俗，也终身不嫁

配得上千古情人，且在梦中谈诗

如果活在今天，我定会轻轻悠悠去寻访她

去寻访她，在野花满树的四月的山上

就像临邛另一位传奇女子

那位大写古代浪漫史的卓文君

感动古代临邛的酒，临邛的茶

感动至今清清幽幽那口古井

让佳话写满依依的诗，依依的词

就像他们约会的琴台

李白写过，李商隐写过，陆游写过

而杜甫写得更深更深——

"归凤求凰意，寥寥不复闻"

卢照邻写得更美更美——

"云疑作赋客，月似听琴人"

就像司马相如当年的文章

我梦着临邛清清爽爽的女子

不经意就到了斜江河边上

这青青碧碧的斜江河两岸

哺育我二十二年多情的诗篇

从清明到板桥，从石子到红豆

从八卦村到延贡镇①

满目都是宁静的青，坦荡的青

陪伴我和女儿看云、听鸟、画音乐

我在冉义中学梦着彗星诗人

梦着彩虹诗人和北极光诗人

不经意就写出许许多多诗了

这是临邛给我的悠悠好梦

自然做得好长、好长

满目都是抒情的青，幻想的青

从竹溪湖倒影到花石海涟漪

从响水滩瀑布到鹤林寺绿荫

直到石塔、红军亭、桑园和平乐古镇

梦着早晨的清汤面和钵钵肉

梦着霓虹的东星大道和天府的五彩广场

邛崃师范的柚子又一丛丛熟了

满目都是圆圆的青，亮亮的青

这是临邛给我的长长美梦

_____

① 清明、板桥、石子、红豆、八卦、延贡，均为我教书所在的冉义镇村名。

繁花醒来，恰好枕着少年的理想

我在乡村教书，写作，喝着粮食好酒

身边是美丽安详的校园

第二十三个星座又在墙外冉冉升起

满架的诗歌不经意也悄悄醒来

恍然如梦：写诗，好美好美呵……

2001年11月6日于斜江村

最亲切的依然是电车

所有都市行车中

最温柔最干净的依然是悄悄的电车

悄悄在绿荫下走来

被一些人等待

成都的梧桐树更有耐心

从火车北站到火车南站

从盐市口到骡马市

我喜欢满街蓝悠悠和轻巧巧的电车

从什么时候开始

都市剪掉了那好看的车姑娘辫子

搭在电轨的天线上

从什么时候开始

都市开除了电车的户籍

连同好看的梧桐林和高大的桉树林一起

开除出城，出东门和西门

再也找不到都市行车中最温柔的情调

我在灯笼街等你

我在北大桥等你

等你那声咪咪咩的笛鸣

什么时候，我在路口上车，也在路口下车

完全是为了等一辆从童年驶到少年

从少年驶到青年

从青年驶到中年然后不见了的电车

你在哪里

都市行车中最平和最亲切的一种

依然是干干净净走来干干净净离去的电车

假如我在成都赶路

我一定会在每一个路口等你

2003年7月21日

我喜欢和芬芳一起散步

我喜欢和芬芳一起散步

在水多的地方

一年四季清清亮亮，潺潺流响

天空总是织满翅膀

在鱼畅游的方位，充满迷人的鸟叫

我是这样醉心于和昆虫对话

在门影和窗叶间关心迷途的蜻蜓

当细蛇从水面阴悄悄游过

蜗牛在正午，默默向石碑投影长长的小路

我知道我四周充满难得的和平

那是因为高大的墙、烟囱和锯子

还没有闯进风景去

还没有闯进去扫荡树林把野草逼疯

我喜欢和芬芳一起散步

蜜蜂会在花丛里自由地偷酒

星空扑扑扑传来蝙蝠的奔波

青蛙挡路，要我交出音乐会门锁

我知道这里的安宁还很脆弱

因为恰恰有人，一边晒太阳

一边打制巨大的笸箩

他们制造鸟笼、铁网

在枪口安装比嘴还大的眼珠

每一根指头都是饥饿的子弹

狂想着金币的洒落

遍地都是龟甲兔毛

正是他们，从动物的尸体和肉体

带来埃博拉、非典、艾滋病

他们的牙齿越磨越快，狂嚼着

用水土流失换来的各种野味

这里的幽静一戳就破

因为已经有人带来钓竿、砂枪

面向动物的尸体、植物的尸体

芬芳和鸟语的尸体

直至风景死光，换来钱罐充满叮当

而在他们身后

站起高大的沙漠、戈壁

这些人，这些人的贪婪还在膨胀

伤心的，是在午夜，在我的诗集上
一只红小虫跑在纸面寻找食物
我知道我的诗正在为鸟类植树
我的梦正在为鱼类引水
我辛勤的劳动是为了劝阻人们的砍伐
我点燃篝火，只为着焚毁人们的网兜

悄悄地，在我的四周
诗歌和森林正在不屈地生长
我幻想生命来自芬芳，也归于芬芳
彗星在头顶照耀喧闹的树叶，当我归来
眼前一层层展开瀑布，直到永远

我喜欢和芬芳一起散步
我喜欢和芬芳一起散步

2004年

美　鸟

美鸟从这棵树飞向那棵树
从那棵树飞回这棵树
在我的房前屋后居住很久了
我认识它们，一如认识自己的梦

认得出它们的羽毛，比蓝天更蓝
它们的长尾，比乐曲更悠
它们在这棵树与那棵树之间飞来飞去
我知道它们已经居住千年了

它们怀抱着自己的婴儿
我感到果实对种子的呵护
它们对我的进进出出无所畏惧
就当是空气对水的虚拟
我的房屋幽暗而坚实
我层层叠叠的响动
从不影响它们目中无人的生息

它们长长的羽毛是很美丽的

染蓝了月亮无眠的相思

它们在这棵树与那棵树之间飞来飞去

而悄悄从梦中消失的，是我自己

2006年3月

从河这岸望去，小麦仍然是青的

从河这岸望去，小麦仍然是青的
我还能走向哪里，假如道路总不见尽头
我从一个表格出来，转眼又进另一个表格
我的名字始终攥在别人手头
只不过那牵引的线始终无影也无踪罢了

从班主任手头的点名册逃出来时
我还是一个饥寒交迫的孩子
唯一找到的栖息之处它远在深山
一个孤寡的老农渴望我做他的儿子
走在十字路口，我停步了
因为我不知道那座深山向东还是向西

但我终于被成都的城市户口驱逐出境
名字落户在向南的一座深山
写在记分员每天收工前打开的破本子上
把我的汗水记成8分
获得跟一个农妇劳动相等的价值

我没有多大体力，我的工分只能如此

我在记分员的破本子上度过两个春秋

然后，一张录取通知书载我飞走

飞走落座在一张师范的课桌椅上

我的名字写在60分到100分之间的成绩册里

常常不温不火，穿行于化学和数学之间

偶然，一首诗将错就错把我改称为杨然

并且在一家县文化馆的刊物上首次出现

之后，我的名字被一页实习通知书带走

带我来到一个名叫冉义的破旧小镇

它的街道又狭窄又泥泞

它的周围却是我喜欢的田野

特别喜欢离河不远的一片片湖光水草

我的名字常常在学生的笑声中跳跃

并且带着一首首诗周游列国

后来，我的名字跟另一个名字连在一起

打上大红印，抬起一个红双喜字

她叫林玉培，一年后我们添了一个名字叫杨灿

后来，我的名字写进作家协会的会员证

带我北到北京西到敦煌

后来填写进了干部名册

当它出现在汇款单或者工资表上

我家的米袋米缸们都在笑哈哈等它

许多时候，我的名字在荣誉书上沾满了灰尘

一个声音说：那些东西不管用的，不管用的

管用的仍然是那些麦穗的金色

许多时候，它躲在早已迷失的日记中哭泣

躲在早已朽掉的诗歌草稿或者作文本里

躲在曾经狂热而且痴情的一片片书信

躲在自己也记不清的某页角落，哭泣

也许永远，从河这岸望去

小麦总是青青的、青青的

我的名字刚刚填进财会室的一个表格

然后带进文件柜或者档案袋，年年如此

我还能走向哪里，我的诗歌深怀不满

很久没有带它们周游列国

而远方成群结队的樱花又轰轰隆隆响了

真想有一天有人高高举起我的名字

他说：接住！那是一打打船票、机票

然后，从河这岸望去，满目樱花含苞欲放

2006年9月21日

为桃所醉的诗人

为桃所醉的诗人通宵无眠
趁着山谷深睡的空静悄然起身
把在冷浸浸肩头，是那月光苍凉的软手
独语：总归只有你懂得我的心情
这么多年了，横竖只有你的痴迷不改
总在寂寞深处独自出游
年年各怀心事，又年年不约而同

是的，你知道并非崔护才会口渴
虽然，他的口渴是传奇的，意外的
而且收获异常。而我呢，我是发自内心
当你年年在第一枝桃妹醒来时探头探脑
我已久坐树下，耐心等待春暖花开
容颜的、后唐诗和超现代的桃色呵
究竟，要在世上挑逗多少情爱
才会让如酒的隐秘停止燃烧？

打春的第一滴钟响谁就按耐不住了

柳绿把手一招，抿嘴的蜡梅会心一笑
你不给我依依回报，她会替我再度转身
呀的一声，月就拉上蒙蒙窗帘
不要指望崔护那种奇遇会在今日发生
你们津津乐道的桃运永是一种虚幻
看吧，你家后院那棵老槐迟迟不肯开口
定是早已看穿你们绿眉红眼的矫情把戏

而我悄然起身，内心的第一句诗已然发芽
月光引我来到摇曳影前，三朵两枝
永远记得江汉路二十七号王家后院那棵灵感
娇慧的王小红完成当天作业了
我的《桃月诗》诞生在十五岁的夜晚
从来没有说过一句话，也从来没有照过面
泥墙外我却领悟了一生，从此紧握着诗笔

直到今日，我依然是当年那个写桃人
写月直到很大很大，一写，已过三十年了
我在故乡异乡都爱桃花，都爱如月赴约
趁着二月深睡的空静悄然起身
一年一度深度约会，当年的迷恋一点没改
还是那样自醉入魂，自醉并且清冷

早已对外面的桃花诗无动于衷

而以单薄的记忆承载厚重，承载厚重的

一生的高洁追求，大醉即醒，无语至尊

2007年3月10日，纪念我的第一首自由诗

培培梦见我们是外星人

培培梦见我们是外星人

我们从天上飞来

那些云就是我们种植的庄稼

但是一般人是看不见的

一般人只看见薄薄的云

只有我们看得见

满空的水果和蔬菜

动物们都是透明的状态

那些云虽然很轻

但是很有分量，营养很丰富

我们在天空飘来飘去

想吃就吃，很安逸

我们从天上飞下来

地面上有很多外星动物

它们都认得我们

跟我们打招呼

它们分布在地面的家家户户

一条外星鱼就住在隔壁

它跟我们说着遥远星球的话语

想念遥远的河流和雨水

我们很家常，很亲切

它的主人出来后

它就迅速沉入水底

假装我们不认识

停在水底打瞌睡

一条外星狗住在门对面

它跟我们握握手

说它久闻大名

讲起遥远的空气和道路

怀念那里的林荫和巨石

我们久别重逢，亲热得很

它的主人出来后

它就掉转头去

把我们当作一般的路人

但是我们内心很安逸

才知道地球上有很多朋友

我们在天上飞

在地下穿进穿出

只有我们看得见

那些云是我们的房屋

我们在地球上有很多朋友

我们在世界很快乐

心里很安逸

2008年4月30日

冉义红豆

这棵挂牌"重点保护"的红豆
年轻时我把她写进了诗歌
并不是年年都要结果，虽然年年花开叶茂
默默坚守越来越少的沃土，而不挪动半步
她的情人远在二十里外
全靠自然风授粉才能孕育
据说，川西坝子像她这样的雌树
仅存两棵，雄树也不会超过四五
鲜红滴落，往往四年才一轮回
一个人送给另一个人，只能一颗
要不然这世界哪有那么多相思
一个人送给另一个人一颗
一辈子就有一个扎根的承诺
开花结果的承诺，再也不要飞走

鸟的传递无用，蜜蜂的穿针引线无用
蝴蝶的沾染更是无影无踪
这是多么管用的潜在规则
初恋信不信由你，爱情成不成由我

"靠得住的只有自然风授粉"，她说
"这比山盟海誓更为重要"
耐不住寂寞的沦为枯枝败叶
守得住花期的享有最后收成
风向、速度、温度和湿度
"都要适度，否则浪费表情"
一切服从命运，一切恰到好处

就这样年复一年，冉义红豆红了又红
我手里捏着最坚实的一颗
深红，大度，胸怀广阔的原野
她把一切言语抖落，只留春颜凝固
锃亮，坚硬，永保熊熊如火的原种
深眠长梦，乐意在沃土掩藏
这样的树，不是想栽就栽，想种就种
不是的，她的相思非常顽固
顽固到宇宙万物的深渊程度
花也不是想开就开，叶也不是想落就落
"一切随缘"，她说，"也不勉强"
就这样，一颗最美最美的红豆
我把她放在爱人温柔的手上

2010年1月19日

梦见狗狗宠物

梦见狗狗宠物

在老家黑屋东窜西窜

仿佛老赵家的来福

却不甘心做狗

渴望我们认作侄儿

总在身边惹是生非

以期我们对它注目

它的面容奇特

有点像蒙克的《嚎叫》

但却鬼精灵一个

听得懂我们笑谈什么

当我们几兄弟畅饮

它也跑来凑酒

"走开，一边去玩"

"明天给你照相"

"把你照美一点"

它叼走这些诺言

美滋滋蹲在旁边

杨灿在读小学
天黑了也不回屋
还在外面做游戏
我喝酒喝得三心二意
因为外面已经起雾
培培在窗前刺绣
"快把女儿喊回"
一场大雨来临
房檐下天色很灰

肥胖红鱼在池里挪动
显得非常笨拙
黑鱼在水里闪亮穿梭
归来了早已走失的金龟
老鼠在里屋角落盘米
偷走了竹篮里许多花生
只有宠物狗狗
它想做人，成为家中成员
跟江湖上的二杆子一样
喝茶，抽烟，打牌

想得真美，非常愉快

"明天给你照相"
"把你照美一点"
它的样子奇特
就像蒙克的《嚎叫》

2010年11月15日

培培梦见斜江河乌龟

河坝街培培家

开门即见河坝

一年涨水，半夜冲响了坛坛罐罐

所以她对河水警醒

警醒得常常梦见

这夜，她梦见斜江河乌龟

很好玩的，讨人喜欢

拴根绳索牵在手中

随处都有一个旅伴

天生一个宠物

就像别人养的洋狗

这时候杨灿出生了

培培觉得事情多了起来

再牵着乌龟到处游玩

怕不合适吧

心里正想该怎么办呢

哪知那乌龟深懂人事

一下子就变作一个女孩

对培培说道：我帮你啊

这些细细长长的家务，我都会做

培培一下子就笑出五朵金花

原来这些乌龟是有灵性的

知道在关键时候帮助主人

河坝街老年人早就知道这些

自发到河坝里去捡鹅卵石

在河边垒成防护堤

目的是防止有船驶进来

免得扰乱水凼凼里的小乌龟

水凼凼里的小乌龟成群结队

它们给河边人带来了吉利

而在河的对岸

一只黑大猛兽凝视着这岸

却原来，他与小女孩四目相对

含情脉脉。他们显然相爱了

培培说：千万别让他走过来

他的一举一动，都有威力

都会把河坝街搅得跌宕起伏

小女孩含情脉脉，无言无语
她不知道是答应还是不答应
培培就在梦里呻吟起来
而我在枕边不经意一动
便把她生拉活扯给惊醒

好安逸哦。她说
她把梦里情景讲给我听
可惜你在最关键时候整醒我了
不知道那黑大猛兽过没过河
真的喜欢那只斜江河乌龟
那只会变作小女孩的乌龟
我觉得有趣。也把我的一个梦
说给她听。但是我的梦
一点也不像她那样非常童话

2011年11月21日记于斜江村

梦见在梦中使劲掐自己努力去梦醒

二月二龙抬头时节
培培跟同学回冉义到花海狂欢
我一个人走在大街
忽然，就年轻了起来
黑发在一夜之间生长
真没想到呵，我，还那么阳刚
一脸的朝气，油菜花在身边缤缤纷纷

立马又觉得可疑
明明已经光头到了猴年马月
仅仅一夜没有剃须
年轻，就重新回到了脸上
这可能吗？这不可能，这绝对不可能
兴许是个梦吧。使劲掐掐自己
左颊就起了旋涡，但是不痛
果然是个梦呵。想得太美了

想起刚才的荒谬，笑笑
兴许自己平时夜长梦多

才有了刚才那种很奇妙意外
狐狸吃到了高高在上的葡萄
天鹅落在了蟾蜍们聚会的餐桌
想起自己的唐突，再一次笑笑
怎么也不相信一个人会返老还童
该老去就认认真真老老实实老去
虽然偶尔也可以梦见自己年轻

现在，我一个人来到了斜江河坝
油菜花浪漫在无边无际的冉义大地
宛若王者的大梦散落成黄金的汹涌
很细匀很精致分配给茫茫苍苍芸芸众生
遍地的黄金和遍地的百姓融为一体
美丽的平民之花从此成为海洋
此刻，我一个人行走在花间
我的舒坦浪游在灿烂的波涛

做梦也没有想到
黑发继续在我头上生长
朋友见了：哎呀，你没有白发呵
快快快，快恢复你原来的发型
那样才像个诗人，何必剃个光头呢
这样引人注目，不好，我们不安逸

听朋友一说，连忙掐了掐左臂

又起了旋涡。我感到世界真的有蹊跷

终于追上培培那帮八二级同学

他们正在天桥上看风景

我的黑发让他们吃惊

朱玉莲见了：真想吐一脸冰糖

冯帅哥说：你们天华并没有老嘛

七嘴八舌：锅儿不是跌倒的

哄人家黑娃没晒过太阳……

只有培培嘴噘起：也不照照镜子

我就纳闷了。使劲掐掐自己的胸脯

胸脯上扯起好大个旋涡

我就醒了。手机微信叽叽咕咕

培培正在传来一大堆照片

他们确实狂欢在油菜花海洋

可惜我要上班。只能梦游二月二阳光

重返冉义，我的第二故乡

梦里跟着那伙快乐人，无忧无虑

在连天接地的花海之上，自由自在飞翔

2016年3月9日写于临邛城

杯子与伞：致黄仲金

在星期四晚上，我见到了星星

多日的阴霾消散，我想起柳街

那个清风雅静的早晨

油菜花在四周静悄悄盛开

我知道，那些轰轰烈烈的花瓣

即将在田野飘散，很快

这场期待已久的会晤，飘逸不再

恰如相忘江湖的相知

预料中的冷雨，最终没有落下来

我们喝茶，抽烟，倾心交谈

再也没有更深的至交，被我如此期待

讲起桃花在龙泉山星星点点

我们去早了一点，粉红还没有火热放开

梨花刚刚捧出些碎银，这就是二月

早春的二月，金黄，却已经肆意成海

我最喜爱的嫩绿融入了新茶的香味

恰是惬意时刻，却把多年的茶杯，忘怀

忘怀在奇妙的龙泉山上，说吧

这次桃园诗会，繁花有繁花的钟爱

总是牵挂一些情义，没完没了

哪知终归忘形，失落竟成常态

这是我的意象，远方成为梦想

朋友遍布花山，遗忘已和苍茫同在

一个小小失落，阻挡不了万花漫步

平民芬芳如潮，我却不能向窗口交代

想起口渴时候，谁是最可靠的关怀

世界上最美的配角，总是站在哑默地带

想起出门，远行，或者近游

只要右手把伞，哪怕雨淋日晒

想起开车，开会，或者开口

只要左手捧茶，哪怕焦渴重来

或许，这正是我最不经意的经意

或许，这正是我最不应该的应该

行进途中滋润喉咙，举手之劳

玻璃钢的平滑感觉，握着温柔实在

当单薄被浅绿浸透，那头顶滴响的

恰是又明亮又细腻的挡雨的愉快

美丽的平民之花的芬芳，金黄如潮
终归都要到点，顺从大自然的安排
恰如那场柳街的冷雨，确实没有落下
只是阴云黑得太低，才把雨伞取了出来
怕就怕漫步之际，湿意辜负了这片花海
这样，伞被揣入你包，大家安然敞怀
沿途叙述诸多好事，从诗歌到诗人
终将散去的宴席，总得先要有启开

启开多少春秋话题，海棠红了
梨花白了，由不得鸟儿蜂儿惊呆
冬日的萧条翻新，繁华了眼前美景
枯荷已然苏醒，预言七月又有满载
这是真的，命运像灵感一样不可捉摸
仅仅一夜之间，诗歌像草木循环荣衰
才华像星座，因孤独而照耀意境
热爱像音乐，随心灵而穿越天籁

相聚以秒计算，忽然你就回到了盐边
樱花也已缤纷，如春来得快去得也快
尘封多年的好酒重新搬回了四楼

只盼下次相聚，共饮在月光飘浮的境界
忽然你说雨伞忘在背包了，真是呵真是
是它先去了盐边，又一个奇妙的意外
最有用的伴侣，最容易在最忙时忽略
也许伞在笑我，又一次最严谨的最草率

人生，到了这种离不开杯子和伞的地步
只要有风雨同舟，焦渴，就永远需要承载
漫漫人生旅途，正是它们，从不索取
伴我走在孤独路上，分担所有莫名的活该
在这最有用、最需要和最不可或缺的层面
牢记有牢记的悲哀，遗忘有遗忘的可爱
显然，我现在已经有了新的杯子新的伞
继续伴我风雨无阻，行进在茫茫苍苍世界
从不准备任何怨言，甚至，永远伴我去追
去追那时间与梦幻永无休止的悠悠的竞猜

2016年4月7日写成于临邛古城

梦游边城之夜

就这样来到了边关
他们说的古代石城
树枝牵着树枝护卫神秘领地
培培说她在这里找到了休养洞穴
我相信这一切都是真的
我需要喝水，水在后院巨石潭里
清清汤汤，红鱼在里面轻歌荡漾
它们漫无目的，横竖只为了自由自在
从古到今总这样好自为之
从不惹是生非，它们自由自在
星空显得那么清花亮色

如谜的星空呵
是我梦中永远投映的星空
犹如久别重逢的朋友
它们高高在上，却又近在眼前
我记得它们的一草一木，飞禽走兽
串联着无穷无尽的光辉的葡萄

一座比一座迷人，也一座比一座清醒
它们出生入死，总那么毫发无损
它们是天上视死如归的永生的王
边城的高墙从此有了高枕无忧的照耀

照耀着一条会唱歌的鱼
当它来到岸上，就成了一只手风琴鸟
它向我展示它那美丽无比的身材
随着歌声的起伏，它的彩羽优雅伸张
蜉蝣从它躯体穿过，款款花叶飘动
吹拉弹唱，掌握分寸很好
很有手风琴手味道
它对我的俗不可耐不屑一顾
静静沉入水中，去陪伴那个沉底的巨人
那个巨人通体雪白，他在水底洗净了灵魂
渴望在那里永生，他已经永生

我惊奇这世界真的有这伟岸之人
宁愿离世在干净的水中
干净得让星辉也能从水里穿过
直达池底，在那里让记忆复苏
手风琴鸟已然转身长尾的鱼

长长的五彩的尾，如歌手留在岸上的余音

优美又动人。它们在水中拥有万福

在岸上同样让生活闪烁缤纷

午夜的街市繁华

我知道这是边城的表象，必须这样

石墙在凡间生活笼罩之下生了根

人们羡慕的正是有山有水又有花园

在这里，我遇到培培和娟子

正在诉说精打细算的红草莓

不应该任意搭乘别人的车

就像神圣的家园

容不得不相识的人随随便便就进来

她们说得很好，我赞成

说着说着，她们去了培培住所

一处小巧玲珑的风洞

我去别的地方，我喜欢无所事事的游荡

我知道边城还有别样内涵隐藏

虽然我不知道它们究竟蕴含着什么

最神奇的事发生在神不知鬼不觉的凌晨

算我运气很好

赶上了太阳还没有升起来的时光

我来到了边城背后

哪知就走进了隐秘的真相

所有的人们都还在深睡

我感到时光在这里薄薄如纸

就像岁月在面前立起一道水做的墙

很轻很轻的水，很薄很薄

忽然我就惊呆了

因为我立马亲临一幅远古的画图

活生生在我眼前零距离浮现

我看见远古的狒狒手牵着手

就像树枝挽着树枝

他们悄悄来到小镇。小心翼翼

生怕触醒了活在现代社会的人们

他们轻若鸿毛，悄然无声

却又身背巨大的历史记忆

清风雅静地走在涓涓细流的水中

而四周，所有的石屋都漫不经心

虽然所有的石屋都亮着鬼怪的灯火

但它们无动于衷

只有我站在水边苍茫了

"如此奇境，怎么不拍成视频呢"

当我慌慌忙忙去掏手机

虽然很轻微响动，却立刻使他们警觉

立刻停步，呼儿唤女，掉头

匆匆忙忙退出我的视野

他们与我并存于不同的时间表面

属于不同空间的隔世生物

这点，他们比我更谨慎也更清楚

而我还幻想同他们打个招呼

转眼间他们在冷火下消逝得无影无踪

我的心显然已经触摸到苍凉的万古

流星划过头顶!

我知道那故乡的星座就要升起了

这是我梦游边城之夜的目的

每当我走向道路的尽头

总是这星座给我以通向未来的指引

现在，它们浑圆而巨大地升起了

升起了透明而深远的屏幕

星星在里面数点着未知

就像我一辈子都在读它们深奥的图语

光芒平静，弥漫，触手可及

演绎着无穷无尽的瞬间与永恒

我走到边城之夜的尽头了！

虫吟已在耳畔响起

星座发出了缥缈的呼吸

那是宇宙的气息

是我梦游之夜的最后的回音

我知道那群远古的狒狒就生活在那里

那些星座，并没有改变它们最初的形状

隐隐约约感受到来自头顶的光芒的穿越

一声鸟啼突然就轻轻敲亮了玻璃窗

我醒了，但我手头仍然紧紧握着几丝

那些来自梦里的莫名气息和清辉

2016年7月11日记于临邛城

北门篇：三星在户

外婆的纺车

那辆四岁的纺车依然在转

依然在转四岁以来不止的记忆

吱呀吱，外婆的名字爬满了皱纹

爬满了棉线一样泛白的发丝

外婆就纺那发丝一样泛白的日子

生活的线被抽过来，绞过去

缠成线团，缠成无标题的早晨

无标题的夜，吱呀吱

岁月也是纺车，纺出外婆的驼背

而我，旋转出童年的欢乐

坐在门槛上，去唱皂角树下蝴蝶飞飞

唱豌豆花和胡豆花

唱雨后的蘑菇和落地的丫枝

唱粉白的墙，是一面不飞的旗

画着鸟，画着鸟一样的飞机

我也跟着纺车转，吱呀吱

直到长草的月亮攀上墙，灯光跳跳

闪闪小姑娘风吹的裙衣

终于，有一天，很长很长的夜

醒来，不见了外婆，更不见那辆纺车

我窄窄坎坎的心室连接一条深巷

泛起纺车的音色，泛起一老一少的脚步

搅动月光，碰响草深的墙根

日历翻来覆去，外婆走向烟囱沟通的路

到达虹的境界，化成一匹骆驼的灰云

不再回归，回归鸟路折返的屋下

而在那最矮最黑的角落里

外婆永远在纺车，我永远四岁

吱呀吱，吱呀吱

1983年

仰望星空

唯一的眼睛通向星空

仰望着，自古以来不灭的痛苦

再辉煌的前额

此刻，也只有沉重地低下

不朽的钟声来自遥远的幻觉

我们征服了石头，火种

种植森林而疏导河流

月球上留下了肤浅的脚印

而飞行器依然粗糙

灵魂还没有在星空真正自由

当我孤独或悲愤

仰望星空便会安宁

一无所有也就拥有一切

环形的空气层中

飞扬着名人伟人的骨灰

也就无所谓失落

也就无所谓收获

星空中随随便便的一点一滴
都容纳尽了人类的全部史记

仰望星空，安魂了一片
冥冥中的大悲大喜
万事空洞，又深奥一切
在这人间的千千万万愿望中
我只愿这双通向星空的眼睛
永远，绝望般响亮活着

　　　　　　　　　1989年

梦中听鸟

是河流放远了鸟影

也是鸟语叫长了河流

月下　独坐的是我

也是我惊醒了明月

看看水光表面的风从石头穿过

不哭也不笑的是沉沉的细沙

随便从一颗星星数起

也随便数到第七

其余的闪烁一一略去

也不再注意其他音色

这样　我用沉默照亮了倒影

杜鹃在深夜叫我乳名

古诗中遗漏的一只鸟

水墨画总也捉不住的一只鸟

琴弦上飘忽不定

酒干了又重新斟满

远远地　总在梦境以外

一杯长饮不尽的古意

独唱冷光寒水　渐远渐远的

深深浅浅的啼血

从窗外响彻到梦中

1991年

偶然想起五岁那年

偶然想起五岁那年

跟外婆去捡皂角荚的墓地

拾蘑菇也拾柴火的墓地

不知道生前信仰什么

那方方正正的灰砖屋

朝南朝北开着方形的窗

野花格外灿烂，如死者变幻的语言

都睡去了吗？都睡去了

雨后或者黄昏，总听见漂亮的鸟鸣

入夜，便传来寒冷的笛声

如月色，如另一种水

恰好传自墓地的方位

外婆只顾纺车，我在蝈蝈声中入睡

并且希望明天的小木桌上

布满小鱼和豌豆

而唯一的回声来自隐者的笛音

至今怀疑那青青绿绿的亮色

究竟，是另一种人，还是皂角树？

1991年

怪　客

怪客！

你今夜打我门前经过

不进来小坐小饮么

我就是那棵会笑的花下人

你的亲朋或密友

都哭过铜像

你哭得更远更长

从长安到洛阳

从大唐，到如今

我始终在十字路口

逛一个圆圈

人人畏敬的墓地

是你灵感的景色

墓碑投影才华的光辉

鬼来了，蛇来了，妖气来了

都敌不过你的笔

你的天河一梦

海如瓶水，地如纸飞

你的怪异

恰恰是对人世病态的叛逆

怪客！

你今夜长发狂须，白脸黑衣

打我门前走过

就算我处在太平间也该来坐一坐

或饮或睡

倾尽我所有的杯

只想故乡雨打的咳嗽之夜

芙蓉花又大病初愈般开放了

你听我询问

铁如何亲，珠如何叫

凤凰如何饮泣

龙如何戴起镣铐

你也一定知道屈子如何古典

渊明如何深奥

你也听如何探险

又如何创造

怪客！

你今夜打我门前经过

不能不说我与诗之有缘

你来，我且以新豆陈酒

给你让座……

1991年

怀念一条巷子

怀念一条巷子

像一瓶好酒意味深长

绿得寂寞的野草亮色

赶也赶不出记忆

从巷头到巷尾

总闻到来历不明的新鲜气息

那墙角有蜗牛三三两两

那阶沿有蚂蚁来来往往

真想再淋一淋初春细雨

好让思绪理了又理

飘洒记忆积蓄的长发

多蝈蝈也多蜻蜓

多少种颜色，多少种人

炊烟纠缠着鸡鸣

听不完风也看不够云

水井被银杏树看守

蛙声被古铜灯收留

歌谣就团团转了，又缓缓飞了

阳光下一瓶瓶泡泡吹了又吹

小圆镜的独眼在墙上晃来晃去

出发时总见衣裙的招展

归来时总听家家晚饭的声音

道路有多长，记忆有多深

这就是巷子

告诉我美妙的经过

如今无论走到哪里，都只见高楼

这方脑壳建筑，又僵又硬

又顽固又冷漠

压迫着眼力，拥挤着视野

因此更加深深地怀念一条巷子

更加长长地回忆一条巷子

像影子总是从自己开始

像故土总是悠远着亲切

更相信这世界之所以存在好酒

全是因为巷子深长的缘故

巷子，巷子……

1992年

读五弟《故园老人饲禽图》

多少年了，那间黑矮屋的灶门前
酝酿谷草和落叶气息的火色
至今，闪烁于谁的眼睛？
谁还贴切过这样的幸福
当雨雪打湿头发打湿衣服之后
坐在这样的柴灶前，映红笑语？

我正是怀着这样温暖的记忆
走进这幅《故园老人饲禽图》的
哦，我们三岁四岁的身影
随着外婆撒谷子的手势站起
站进豌豆花胡豆花的歌谣
连同红蚂蚁黑蚂蚁的士气
也连同菜园子里的虫吟

这一粒粒记忆落地有声
溅出外婆唤鸡儿咕咕咕的音色
唤老四老五回家吃晚饭的音色

溅在画纸上，就染出这样的灶火

这样的树和这样的门

终于又看见外婆

在这样的门外和树下

喂鸡，更喂了我们

黑白的画面还原于本色

比真的还野香，比真的更火红

我们自然矮小了许多，稚嫩了许多

随着一粒粒亲切的声气

在画里走来走去

在画里走来走去

真的，宁愿是两三只小鸡

永恒于这样的天真与无知

尤其在外婆的房门外

在外婆的柴灶前

1992年

背篓的诗

背背篓其实是很舒服的
等于做一次巨大的蜗牛

小时候我们去捡拾柴火
一人一个小背篓
我们一道街一条路去捡
无论废纸落叶还是枯枝木棍
都装进背篓背起就走

后来我们在铁道边一个木料场
被人抓了，关进小木房
因为我们捡拾了几根国家财产
那时候最怕小背篓被没收
我们并没有为这事而长大许多
背篓依然是小小的背篓

后来我上山当了知青，我背得更多
从粮食到粮食从路到路

无论布的、纸的、玻璃的

还是金属、塑料、陶瓷的

统统都装进背篓，背起就走

直到今天

依然想在某一天进城的时候

正正堂堂背个背篓

诗歌音乐吃的穿的都在其中

就算是乡巴佬进城了

但是多么潇洒，多么自由

一个老是抽打不死的记忆蜗牛

一个小天地的包罗

一个风风雨雨考验的自我

我背的是一个小中国

一个小中国的小世界的小怀旧

呵背篓

1993年

写一条深巷

空空地敞开一条柏油大道
街名不再叫江汉路　而叫其他
更远的年代还有一片苦竹林
也早已从地图上抹去　在城西
我始终忘不了　一条深巷
六十二户人家　第十一户
门是朽木门　窗是锈玻璃窗
我始终忘不了　十八年进进出出的变幻

也始终只有一进一出
一撇一捺来来去去
快活或不快活　总是男男女女
我家出众　泡菜占领四季
影子终年被稀饭映照
老妈总在天亮之前赶往工地
父亲总在大天白亮扫完了地
讲他的过去"一扫东方面馍馍"
大哥二哥三哥　五弟六弟七弟
我居中　却始终脾气古怪

街邻中找不到亲切伴侣

如同星云间独往独来的彗星

我喂鸡　生蛋那天被父亲宰了下酒

害得二哥叹息　三哥生气

一家兄弟再也对喂养鸡鸭不感兴趣

我游泳　仅仅一步之遥

就在万福桥下炸弹坑里悄悄淹死

压在石头下的短裤拴着家里的钥匙

脚窝印在沙地　干渴了整个下午

在酒杯里逍遥　活生生李逵一个

蹬三轮车的奥伯伯　他醉死了

幻影八个老妪围在井边跳舞

总说有白衣人的夜婆婆　她梦死了

爱钓鱼　爱讲故事　爱养兔

爱清洁的赖爷爷　也爱清洁爱死了

唯一的路灯　以十五瓦虚弱的铜光

照着骆老汉用晒垫改装的窗帘

那背面多壁虎也多蝙蝠

照着我暑假之夜古典神游

走红楼　走三国　走水浒

逛唐诗　逛宋词　逛元曲

二哥到云南支边去了　大哥许久没有消息

隔壁杨三姐远嫁了　邻家李老二病死了
照着歌谣"鹦鹉鹦鹉你从哪里来？
北门山洞万丈万丈高"

终始忘不了　王家后院那棵桃树
见证我十五岁写月亮的诗句
春夜的花影　只懂得一颗孤独的心
哑巴家的房尖顶　老是指着北极星
哦　老字号院子　窄窄坎坎的深巷
我下乡后　家里的书信格外悠长
再没有回城　真成了扎根知青

如今在栀子花开的斜江村
杜鹃在盆地又抒情一年
我醒来　灿灿又说上学了
我想起给老妈写信
那地名已搬迁猛追湾而不是江汉路
那墨水的意味蓝幽幽的
那都市的幻影已远　也已冰凉
老是记忆的　是那条不变的深巷
老地名叫江汉路　老牌子是二十七号

1994年

老星空

老星空在梦里一出现

我就回不来了

挨门挨户认真地喊

天空恢复记忆了！

天空恢复记忆了！

快出来看，快出来看！

我始终牵着女儿

指给她看：那就是老家

模模糊糊的一座光斑

冷漠，不变，也不转动

死去的月球，埋葬的宇宙

冷冰冰的，满空的象形光辉

彗星如蛇群纷纷在解冻

天空真的恢复记忆了！

映照森林，河流，道路

我冰雕一样站在我家门外

老星空，你好遥远，又好亲切
好久不见这整版的星云
结冰的照耀，大块的星座
好久不见这壮丽的版图
光亮在黑暗了很久的天上

我跟老星空是有缘分的
它叫我回去，在世界那边
我手里始终牵着女儿
叫我的灵魂永远坦然
始终圆满，且空空静静

1995年

海尔—波普彗星

为了目睹海尔—波普彗星
多么怨恨多雨多阴的四川天气
但是四月一日，这天盆地终于放晴
海尔—波普彗星！我在黄昏上了楼顶
在万里无云的视野前默默等你

乡村的夜没有灯火
冉义中学教学楼是一座极佳的高处
海尔—波普彗星！这天你离地球最近
你是一只奇异的宇宙之瞳
在西北夜空，如此独醉又如此独醒
只见一眼我们便已相熟
再望一眼，敢说彼此已经动情
为了等来这千年美丽，你也知道
我已消耗了这世青春

这次都没有错，不再擦肩而过
虽然你也不带走我，我也不挽留你

但是相望一瞬的激动，也是一种缘分的永恒

海尔—波普彗星！四月二十九日又见到你

这次天空很薄，仿佛轻轻一戳

就会有更多的光芒流出

这次夜空是洗得特别干净的玻璃

离我最近的深暗是梧桐那棵黑影

你正好出现在深重的黑暗之上

特别明显，照耀在我家三楼窗口的正前方

黑夜、黑暗、黑楼和黑树

反衬出天空有更多的星星

海尔—波普彗星！只有你显得朴素

只有你的光芒是朴素的光芒，你的光芒在飘

你仿佛是从我们怀中飘上夜空的

其他星星都是粘上夜空的，刻上夜空的

其他星星都很狡诈

只有你，彗星，那样迷人

在飘，在飘，在飘

并且满含离别前的那种忧伤

天空如此平坦如此纯净

像情人的眼睛，像新人的梦

彗星如此美丽如此动人心魂

这是永远相爱不再相见的约会

海尔—波普彗星！

我在两排黑墙和一排黑树簇拥的夜空

轻轻地紧紧地用了目光把你久久热吻、久久热吻

1997年5月4日于斜江村

向一分的人民币致敬

向一分的人民币致敬

多少年了，这辆行进在纸币上的解放牌汽车
一直载着一个民族的觉醒
驶过原野，虽然公路旁还没有多少烟囱
更不见楼房，却载着沉甸甸的美梦
从一九五三年启程，驶进五亿双希望的眼睛

我轻轻拈着这张纸币
从小就认识了它那黄土的颜色
就像我们江山的本性，从此不改
背面是庄重的国徽
细细流泻蒙文、藏文、维吾尔文
端端正正衬托正中的汉字
"中国人民银行　壹分"

就是这张纸币
从总理办公桌到元帅工资表

从一粒盐到一滴水

它是每个百姓的血汗

也把国家精确到一丝一厘

它是那样渺小，又是那样巨大

谁也说不清了，在它一生中

逼出过多少英雄好汉

逼出了盐价、粮价、布价、油价

以它小小的声音

讲述全国的故事

一分钱，在五三年的情人眼里

是另外一片玫瑰

它价值一颗小麦和一粒大米

在我幼小的心灵，印满过年的惊喜

单薄的身躯扛起沉重的祖国

从一分钱汽车开始

直到两分钱飞机、五分钱轮船

一角钱拖拉机，两角钱火车

五角钱三门峡水电站

以及一元两元的工厂农村

五元十元的粮食钢铁

在它身上站起来多少人间奇迹

它是新中国王牌的底线

共和国呼吸最初的血脉

五十年一晃去了

现在满街走着五十元和一百元钞票

一分钱，它在现代人眼里微不足道

小得被人遗忘

每当满城的钞票穿金戴银

沾满领袖和万里江山的光辉

只有它痴心不改

依然面向黄土

驾着那辆满载劳动的汽车

永远上路，永远朝着当初选定的方向

现在，我向一分钱致敬

向所有依然还在依然幸存的一分的人民币

所有一分的纸币和硬币，致敬

2001年12月5日夜

当我独自一人

蝙蝠在星空织满扑扑的声波
蜗牛把长影投在正午的石壁
我很细脆,我感到尖锐的风在外面生长
峡谷中枉自立着族谱的巨碑
只有蜂鸟还在午夜采蜜
只有蜂鸟来自莫名的远方

染着细细的、细细的春夜小雨
诗稿常常被突如其来的伤感打湿
满纸都是夏夜的草丛私语
那些蝉声、鸟鸣和虫吟
爱在静静水中浸泡整整一个下午
我很细脆,我感到尖锐的风在外面生长

破庙外一把竹椅落满世纪的灰尘
老妮养着一条残狗,合欢花又在眼前开了
而最密的树林恰恰掩护一片草深的墓地
我很细脆,我感到尖锐的风在外面生长
不经意,起雾的车窗又打满了醒目的白霜

2003年

从火星上看地球

从火星上看地球
地球是蓝的
就像我们小时候玩耍过的玻璃弹子球
沾满寂寞的天蓝色光辉
在宇宙漂浮，难受
就像我们易脆的心情，易脆的命运之谜

看啦，那颗小小的，孤独的玻璃弹子球
在太空是那样容易失落
不是被我们自己碰破
就是被宇宙的手指敲脱
小小的，宇宙无处不在的无形的手指
若黑洞随便发出一缕叹息
地球，就莫名其妙消失于火星的视野

瞧瞧我们
在这脆弱的蓝玻璃弹子球上都干了些什么
我们吃野味，糟蹋水，把痰吐进花园

吃石油和熊，一直没能填饱我们的肚皮

让核爆把地球洞穿

贪婪，黑暗，在金钱的怀抱里失去情欲

砍树，沙漠，成为我们赠给海洋的礼物

而在未来的早餐桌上

只剩下祖先的遗容和婴儿的骨灰

我们在蓝玻璃星球上都干了些什么

在火星的记忆里

地球曾经升起，降落

宇宙独一无二的掌上明珠

她让所有星球发生嫉妒

因为蓝色，因为海，因为云团和空气

她是那样容易破碎

如同花瓣上鲜嫩的露珠

我们失恋的心情，求婚碰壁的心情

婴儿吸毒胎儿抽烟的心情

金鱼喝酒而诗集被焚

这一切脆弱心情

都比不上这颗蓝玻璃星球脆弱

我们在这颗蓝玻璃星球上都干了些什么

伤风感冒，远离非典

啊的一声，谁又把酒疯撒到了窗前

我们在最白的画布上画最黑的黑烟

在最清的清水上倒最污的污点

我们健康，美丽

但是河边上早已堆满了我们憎恶的垃圾

火星是这样气得发抖！

蘑菇云触及阴暗的隐痛

曾经，火星也是蓝玻璃星球

森林，海洋，积雨的天空

一瞬间变成红色的沙漠

如今，在火星的夜空里

地球独一无二，更加易脆了

地球在黑暗的太空悄悄升起

旋转，萤火

随便哪一只黑暗的手轻轻一碰

她就永永远远无影无踪了

而我们杀害的是鹰，保护的是鸡

我们尊重的是塑料花，毁灭的是野玫瑰

我们饮一滴现代人的酒

付出的是整代整代后来人的泪

我们就这么个社会

我们就这么群人

从火星上看地球

我们都干了些什么呀，都干了些什么

从火星上看地球

快保护我们唯一的眼睛！

快保护我们唯一的眼睛！

2003年5月26日

台灯周围散乱的书籍

台灯周围散乱的书籍

台灯一亮，才知道自己醒自沉睡的世纪

台灯一灭，百万富翁强盗英雄在同一个时刻难耐寂寞

它们的主人飘忽不定

来自小镇、大城，或远或近的新华书店

台灯一亮，他和它们的天才哭在一起

台灯一灭，他和它们的美女梦在一起

今夜，台灯照耀的是歌德谈话

东周列国、村上春树、《雪国》《古都》《千纸鹤》

照耀《唐诗三百首》《宋词三百首》《元曲三百首》

横七竖八一大堆，它们的主人惊慌失措

不知道从哪里开始，到哪里结束

许多时候，它们等待主人不耐烦

互相簇拥，却把心扉掩闭很紧很紧

互相关闭沉重城门，关闭天空和森林

默默无语，互相猜测各自的内心

一个比一个水深，一个更比一个深不可测

许多时候，它们悄悄怨恨早出晚归的主人

于是自己阅读自己，自己熟记自己

把自己背得滚瓜烂熟

从不漏掉一个字、一个标点符号和标题

它们把自己掩闭得更紧更紧

今夜，它们的主人从更远的城镇风尘归来

带回来一大堆兄弟，一大堆姐妹

在它们左邻右舍，充满小说、诗歌和散文的味道

台灯把它们照得很亮很亮

而它们的主人，把头靠在床头

把影子投在墙上，很黑很黑

2004年

梦见天上的云都是一些雕塑

梦见一只云的眼睛

那是小娃娃的眼睛

他在空中打电话

他对我说：来，你来接听

我摆摆手：谁不知道你有雷电

杨灿说：雷娃娃的电话，谁还敢接？

天上正在进行节日游行

每一座云都是劳动雕塑

打麦的，挖煤的，工人叔叔农民伯伯

全都把脸笑得晶亮

庆祝的队伍浩浩荡荡

但在正前方，一只黑色通信器正在坠毁

黑黝黝冒着黑烟

一头，栽了下去！

天上很快下起煤雨

枪林弹雨迎面扑来

我和杨灿赶快去找走失的培培

2006年1月13日

星座的图语

冉义医院后墙外

夜空如旷野一览无余

星座升起平时看不见的图语

我马上就电话培培

快，快到清明村的路上等我

等我一起去看生命之谜

每个星星都有自己的象征

平时隐藏在夜空背后

不相信灵魂的底片

只相信会意的眼神

这样，我在旷野之夜看见

金形、木形、水形、火形、土形

剪刀形与毛笔形的星座图语

它们以脑海的图案向我显现

以黑色双鱼和白色双鸟的图案

背负各自无限的解释

满空的星座浮动了

载着各自的历史默默飘移

同时拖着沉甸甸的星光

图语的形影折射云的雕塑

曾在满空游行劳动的欢乐

此刻，黑沉沉的夜色无语而空

培培坐在草地深幽幽地说

你看，满空展示这么多生命秘密

如此壮丽，怎么你不早说一声？

我就默默地、默默地对着流星含泪

2006年1月14日

梦　飞

人到中年就要梦飞

从一棵树子向另一棵树子俯冲

草地旋起，天空跌落

时间和空间被我网成波浪

树冠如船，腰间的快感如秋千

脑门的快感，胸怀的快感

想不到大腹便便的我竟然身轻如燕

飞檐走壁原来是我的基因

我向星空张开双翅

在树冠与草地之间俯冲，向下

俯冲，向下，头向前方狠狠昂着

想起人一生下来就那么怕蛇

那么对蛇天生厌恶

原来我的前生属鸟

我的祖先一定是鸟

一定在遥远与毁灭之间忆念恐龙

而风冉冉颠簸

我身轻如燕，如风筝的马如单薄的猿

整个黑夜款款退远

我在中年之夜逍遥而飞

2006年3月13日

冉义的第二个月亮中秋

如果我没有记错
这是冉义的第二个月亮中秋
整整二十七年了！我来到这地方
二十七个中秋，二十五个下雨
这就是四川，多雨，也多阴霾
许许多多秋夜，我等月亮都泄气了

今夜月亮很好，冲了个二十五岁的澡
年轻，漂亮，新鲜如橘
我从梧桐树荫出来，她也出来
我叫培培散步，她也散步
培培穿着睡衣，她也睡衣
夜已深了，许多人不来赏月
就只有两个人赏月，我们赏月
我们赏月是在乡村的一条路上

许多人早已深深睡去
只有我陪着月亮津津有味
我在红豆树荫蹲下，她也蹲下

我从桂花香中站起，她也站起
这是冉义中学的二十四棵树子
他们高大、完美，身怀生命绝技
陪着所有季节，一言不发
今夜却深深迷恋满地月光

天上飘着一些云，淡淡如纱
仿佛在说：天凉了，加衣服
我知道那是她逗我来玩的
天上飘着一些雪人、一些台湾岛
那是她逗着地球来玩的
星星只配做萤火虫
他们在身边微小、渺茫，一声不吭

我的影子从左边甩到右边
墙的影子从院内甩到院外
夜已深了，只有我们赏月
我们赏月其实在赏我们自己
今夜月亮很好，冲了个二十五岁的澡
这是冉义的第二个月亮中秋
我把窗子和门全部打开
月光悄悄朝着我的门窗流来

2006年10月8日月夜

雨滴房檐

雨滴房檐，款款地亮湿了新瓦

我就在窗前听着雨下

看着雨从天上飘来

一点两点，溅湿了阶沿

三点四点，洗净了泥沙

点点斑斑湿漉漉脚下

天长地久有一个水洼

我就在窗前听着雨下

细细地看，水洼里几朵散碎陶片

想着谁的先人用过此碗

上面还印着天蓝的桃花

天蓝的，古人怎样把天地糅和一起

捧着瓷碗就捧起了整个江山

说吧，这是雨水

这是早春二月第一场好雨

　"桃始花，仓庚鸣，鹰化为鸠"

　"斗指壬。太阳黄经三百三"

阶沿边的苔藓渐渐清楚

想起我们居住的城市

"即丽且崇，实号成都"

草木葱茏，野花覆盖了整个平原

随便在土里抠一抠，手指都会泛绿

水洼里现出贝壳，细碎的金沙闪亮

我们的居所原先是河流

更远的年代是海洋

现在是陆地，是风，是雨

是谷物们欢天喜地的三月谷雨

"萍始生，鸣鸠拂其羽，戴胜降于桑"

"斗指癸。太阳黄经三十度"

散碎的陶片伴着瓦块

相邻砖角，多少房屋新陈代谢

更深的泥土，河沙纯粹，井水喷涌

说明祖先择水而居，崇拜鱼凫

为了催耕忙种，他们会在树上啼血

门前总有一棵大树，园里种瓜种豆

先人学习星斗，天府不误农时

我们居住的城市华丽，富足

鲜花盛开大街小巷，老鹰在天上学习

"腐草化为萤，土润溽暑，大雨时行"

"鸿雁来宾，雀攻大水为蛤，菊有黄花"

此刻，雨滴房檐，款款地亮湿了新瓦

我就在窗前听着雨下

脚下是一汪诱人的水洼

布满陶片、瓦块、砖角以及金沙

猎户、天狼和大熊在天上堆成三星

牛郎涉河而过，织女洒下了泪珠

应该是井边放出蛙鸣、虫吟和鸟叫的时候

雨水来了，谷雨来了

蘑菇的伞和蒲公英的伞将在今后陆续打开

雨过天晴，我要为明天的出游准备风筝

2009年4月2日

梦见东大街

梦见东大街
那条僻静的梧桐路
往东走，通向猛追湾
往西走，通向八宝街
我常常从那里走过
去寻找午间的伙食
或者晚上的火锅
我最喜欢的卤牛肉
盐花生，桶装啤酒
一直走，走着我
和我的伴侣培疙瘩

东大街总是那样偏僻
那样安静，除了无言的梧桐树
店铺稀少，行人安闲
那是一条无法热闹的街
一条永远静止的街
背向繁荣，或者朝向黑夜

我必须从那里走过

走过了那里，我就能到达猛追湾

或者八宝街

那里有我喜欢的骡马市

热闹得叫人水泄不通

满目的珍宝和饮食

叫人激动得无法抑制

频频发抖，就像美丽的盐市口

我从那里走过，心满意足

身边是我难得回蓉的培疙瘩

我要寻找烧酒、卤鸭翅

跟冉义一样味好的卤肥肠

这是我回猛追湾的好想法

逛八宝街的大享受

家里已经装上了落地窗

咖啡色的落地窗

讲究礼节，迎来送往

朋友或同学，都很舒服

都已认得我的老家猛追湾

东大街静静幽雅

从南到北空空荡荡

它就是这样，它总是这样

它一直这样，它是一条僻静的街

在它的那头，是我的老家猛追湾

在它的这头，是我的快乐八宝街

梦见东大街，我在街头正年轻

2010年10月20日

梦见天上浮冰缓缓旋转

梦见天上浮冰缓缓旋转

它们越压越低，让人屏住呼吸

但还够不着地面，只触到山尖

"平乐的山水就要爆发了"

有人高声呐喊，我正在赶路

加长的摩托车搭乘着杨灿

"山路人群拥堵，堪比山洪凶猛"

"早知如此，不如去开汽车"

山门有山民在采购菜蔬

顺手拈走一根黄瓜，"你看它多鲜"

他的身后安装了一条支撑的腿

"那是假足，但很实用"

"而且还穿着一只崭新皮鞋"

哇，这世界，什么怪事都已不怪

我们停止前进，退回山谷

那里的古镇清风雅静，临近午夜

罗老前辈甩出十五响鞭炮

"今天就放这个，炸它个天响"

另一个罗大爷忽然亲近，笑眯眯的
想来人事寂寞，想跟同事重温关系
他送我两个核桃，"这个可以收下"
而在我的手心，花生米一颗颗渺小
高实专挑焦的，"只有焦的才香"
啊呀，这世道，怎么张扬这种吃法
想来过节，就让娃娃家随他便吧
里屋挤满了冉义客人，"快元宵了"
他们都来寻找节日气氛，想念礼品

但是土壤里忽然轰轰作响
"地震了！"人群四处逃散
培培还在厨房做饭，不慌不忙
"还不快跑！都什么时候了"
"你还悠然自得，享受佳肴手艺"
但她无动于衷，继续手中炊事
"真是急死人了！"外面早已人空
她说："我们家是钢架窑洞"
"根基稳当得很，震不垮的"
嗨，是地震呀，真让我哭笑不得

杨灿想念深山鲜菜，执意前往
我处在两难境地，举棋不定
天上浮冰开始远离，飘向太空
地层的隆隆声若即若离，渐行渐远
罗大爷的十五响挂在夜幕上燃烧
夜街上渐渐有了人影，发出声响
"该过节的，还是过节！"
我稀里糊涂醒来，窗外春雨涟涟
培培说："我的瞌睡已睡过头遍"

2011年2月15日记于斜江村

梦见父亲送来两万块钱

冬月十七之夜

梦见父亲送来两万块钱

是用塑料袋子装的

东西叠得整整齐齐

计有饭票一叠，菜票一叠

还有民国年间钞票

红的绿的扎扎实实

他说："记住是我送来的啊

你要去成都看一个朋友"

想来此事蹊跷

成都确实有朋友病了

但去看他，用不着那么多钱啊

那么多钱，要做多少事啊

出两本《芙蓉锦江》毫无疑义

看一个朋友绰绰有余

问题在于，父亲——

他怎么知道我手头很紧

我需要的资金成千上万

偏偏是他雪中送炭

而在天寒地冻的今天

需要送炭的正是我呀

想来就有些许惭愧

四十天前，应该我去看他

头天晚上还跟培培商定

买些香，添些纸钱

在他第二十六个忌日行事

天渐冷了，多穿件衣

哪里透风，哪里漏雨

需要我们除草加土

忽然一个会议，我进了城

此事就此耽误。弥补似不妥当

因为这事，过时是不补的

因而欠下一笔看望心债

哪知父亲竟牵挂起我来

想来更添一块心病

成都朋友得病已久

已经安排二十五号看他

也因突然两个会议

原定探望只得取消

渐渐地，心里就有了歉意

一直觉得拖欠了什么

真是日有所思夜有所梦

但是无论怎么思怎么梦

也没料到父亲送来两万块钱啊

一生之中，父亲总被金钱困扰

七个儿子，堪比三座大山还重

弄得他一生潦倒

烟不敢多抽，酒不敢多喝

最后得了一场大病

从此与药水罐罐为伍

到头来，输液也没把脉搏接通

一晃，已在地下安眠二十六年

钱啊，父亲一生中最大的死敌

至今仍在世上活得好端端的

甚至，在怪眼圈里还高过了上帝

我不是金钱的奴隶

虽然我很需要钱

但从没把钱与上帝并列

仅仅因为出书办刊等等
筹措资金有时感到有点儿累
而在列祖列宗存在的地方
只有父亲和外婆拥有灵位

但是父亲，你是怎么知道我手头很紧
而我手头再紧，也不该你来操心
我手头紧是暂时的
冬天总要取暖，一切都会有的
只是，因为工作我又欠下一笔心债
无论如何我也要偿还
此刻，从窗外望去，你所在的竹林
跟周围的田园一样
都进入了冬季。冬月即将过去
腊月来临。我会在除夕时刻
还你十个两万元的
还你百个，千个，万个
那是一笔永恒心债
儿子永远都会欠你的
好吧，你送来的钱我收下了
就把它存在天国银行
永远的利息是永远的思念

这一笔养育之情

我一辈子也还不清的

梦见父亲送来两万块钱

他的精神很好，他的神态很安详

"二十年后又会来世界打一遭"

那么，他辛勤的劳动正在出发，在远方

2011年12月12日记于斜江村

梦见地下老城

我总是迷失

那个长长的地下商道

当年神话般繁荣

不管你信不信

那个地下老城

它曾经四海扬名

我总是错过灯火

当一切都已打烊

我才姗姗而至

街冷，树冷，影子更冷

我总是错过宾客缤纷

我的足音很长很长

总是被水淹过

铺面一层层老去

当洪水退去

许多繁华荣光不再

舍不得走的总是老者
他们在夕光下奄奄一息

洞门外自有一片天光
那里的云永远松动
透出星星的呼吸
一颗星亮了又亮
突然狂奔直落眼前
先是木头一样银晶生冷
突然又有跳动的血脉

是外星人吧？是外星人
生命的形态永远动荡
这在老城已不是新闻
更无秘密可言
我们就是我们
我们是过路的
想念当年那片河水

怎么会出现杨灿
她也是老城的常客吗
请不要走得太快了

我最记不住的就是街名
最记不准的，就是房门
说着说着，我就迷路了
杨灿，请在前边路口等我

等我，我真的找不到方向
星星在城门洞外闪烁
冰块状的云越垂越低
我知道老城外面会有风景
但是那条长长的商道
我是真的还想再逛、再逛

2012年谷雨记于斜江村

梦见人们在天空四处劳动

那个年代，那种亮光，那些颜色
没什么疑虑，抬头一看
人们在天空四处劳动
满空都是青山，曾经云彩的所在
现在头顶的路，青山在上空永远存在
所有视野向上，青山占据了整个天空

我走在路上，看见满空都在劳动
青山占据了整个天空，有人架桥
有人筑路，有人撬动青色石板
有人种田，还有人正在回家路上
青山散布在天空版图，永远不会降落
永远有巨大力量把它们凝固在天空
它们从高处开始，把我们的世界层层包围

它们不会跌落，它们散布在整个天空
同时也遮挡了整个天空。我走在路上
陆向东骑着自行车从古街经过

我知道他的三个洋瓷白碗，有一个在北
他很不高兴，仿佛这是他的私家秘密
不允许知道，知道了不好，要出事情
他的脸色很不好看，避重就轻敷衍招呼

顺着他不高兴的方向一看，风车升起
白色的静静风车，静静旋转，升起
一个接一个，升起在我左侧天空
满空都是飞行器啊！这是闰月的声音
他在我身后，抬头一望，果然热闹非凡
大大小小飞行器，成千上万，千奇百怪
它们赶在青山之后，也来挤满了天空
高石紧随其后，与我们同行，走向深山

深山是他老家，现在世界都在逆向
青山向天空打工，城市向农村打工
我们住在平原，平原向深山打工
我们走进老家，庭院深深，气氛凝重
铁血成为定律，不允许现代理由
就连高石也不例外，循规蹈矩，无话可说
我还能说什么，我是外来打工者
职责就是赶快逃离，我与深山无牵无挂

横竖是这个年代，这种亮光，这些颜色

浓荫密布，路边流水那么清澈，疾迅

有人在里面游泳，丁逸在后面催我

他是唯一在这梦中认识我的诗人

我说不，我已经有好久时间没有裸泳

这里的水这样迷人，请允许我就在里面逗留

砰的一声，我跳进水里，我在水里如鱼得水

一个潜水出来，眼前，已经满池子都是游人

李学魁在水边穿着棉衣，他的眼里满是鄙视

我问丁逸，我的衣物呢？他说，在那边

人来人往的井市，我光着身子，我不敢去

周围的人们都穿着泳衣，唯我例外

我是个滑稽可笑的打工者，蹲在浅浅水里

被李学魁的讥笑紧紧拴死，不敢出来

就这样一直待在水里，等待人们散去

丁逸早已哼歌吟曲自在前去游山玩水

我待在水里，不敢出声，直到梦醒

                        2013年9月17日记于斜江村

东河篇：七月流火

最好的云

——培培讲她学生时代

最好的云

是在最累那天看见的

黄昏

我到河滩去捡灰石

去捡最亮的双色卵石

灰窑收购站的秤砣

称出最愉快的喘息

河堤录下很重的足音

很圆的汗珠，打在很沉的脚背

但在我的眼里，世界真美

美就美在崭新的书

崭新的笔，为让妈妈不再操心

又苦又甜的学费

我愿再挑九千九百九十九斤

但是真累呀，真累

当我捡够了金色的九月一日

便躺在了河畔的草地

去看很轻松的云，去看

很惬意的云，像洁白的毛巾

像飘来的入学通知书

但是最像一篇劳动日记

等待老师最美的评语

那天我看见的

是最好、最好的云

1984年

乡村·现代风景线（组诗）

1. 日出·印象

我咏叹莫奈的《日出》，在这乡村十二月出现

远方城紫色了醒来的窗，神秘失落的预感

深深季节的回忆，揭幕又一幅期待

那时候，乡村的日出，不是这样

如此沉重如此浑浊这座色彩之母

如今，跋涉在生锈的岸和碑石之间

那时候，乡村的日出是一部壮丽的分娩合唱

鸟语的闪烁挂满古钟般嘹亮的天空

谱曲地平线之美，升华树林之美，河流之美

如今，都昏暗了，夜色居然在白天泛滥横行

远方城又有一排烟囱倾斜了视野

尘埃的云，乳浊液的云，笼罩彩虹的想象之门

灰烬繁殖的背后，昨夜，月亮又一夜长长咳嗽

欣赏乡村深远的日出，成为诺言般空洞的享受

诗歌的日出，音乐的日出，这里没有

莫奈的绘画深重了血液突变的怀疑痛苦

我站在十二月乡村的风景线上，沉默忧郁着

幻想拯救，怀着谷类、鱼类和鸟类的所有意识

2．河流·变奏

东方的鱼肚色动荡着深远的不安

我知道真正的鱼在渴望疯狂的喷泉

拯救雨，拯救风，拯救岸边扭曲的路

油腻腻的泡沫涂改着女性的涟漪

漂满兽性，一边慢悠悠打嗝，一边玷污河石

它们从何而来？一天比一天扩张着丑脸

清亮的河面粗糙了，蜷缩皱巴巴的流水肤色

源头，瀑布不知道它们在投奔污染的灾难

源源不断的深渊，竟被酸碱之流出卖

汇流如此可怖的黑色沼泽

背叛蛙鸣，背叛水鸟，也背叛龙的鳞片

大金属大水泥大塑料的腔肠

传播谬论一般总是排放歹毒的废液

乡村的诗情画意遥远了

一代比一代陌生，什么是早春的鲤鱼翻跳河坎

唯有最老的树子总是说：从前，不是这样

从前涨水的季节可以在门外垂钓金子银子

如今鲤鱼涨价了，河水却贬值

沙滩古怪而寂寞，承受水草失恋的混乱和荒诞

大地的血脉是这样使我忏悔

我曾经逃避过青蛙在午夜枯燥的哭泣

想起童年，赤裸裸仰泳的野性的六月

我曾经放肆地沐浴笑声和美丽

如今都流进往事了，那纯净而多情的河水

我守在岸上，再也捧不起一缕鲜嫩的倒影

悲愤的心，沿途总在狂乱地颤抖，颤抖

1987年

麦粒境界

我的眼睛闪烁在

水里

悠悠沉浮黑甲虫

肤色散布在空气中

阳光辗烂了

热风粉末了

最响亮的正午

打麦声在四周乒乒乓乓

目光分裂成千颗万颗

影子被点点金色打落

我的呼吸飞扬在

尘埃

麦粒反过来纷纷打我

肉体都蒸发了

渗透在广阔的麦地

筋骨软化，透明

不再具备人字形

渴望崩溃为空洞

像黑甲虫深奥的自由

随便在麦地倒卧而睡

我实在太累太累

视野逃离瞳孔

关闭

阳光比任何时针还尖锐

裸露黑色的喜悦

生命被麦草嚼碎

水里扭动细微的幼虫

黑甲成了巨人的躯壳

而在黑甲虫眼里

我，该是何等高大的鬼神？

而在太阳眼里

我又是显微镜下的细菌

银河系眼里太阳是麦粒

而在宇宙眼里银河系是蚂蚁

我安宁了

我小，有生命比我更小

我大，有世界比我更大

认命了自生自灭的麦粒

眼睛遍布于水珠

我的生命照亮树子

吸入秧茎

打麦声片片熄灭后

我被萤火虫一滴滴点燃

在麦粒中接近无限

我和麦地融为一体

沉默的路流动在天空

星月

光辉从此收留了我

1988年

下午：读马格利特一幅画

下午　应该相关的人

互不相关　互不察觉

一位黑礼服男人默默在走

一位满头野花的女人

浑身赤裸　膝盖长出植物

各走各的路　下午

路旁有一尊裸体男子　没有手

一位女子在搂他

仿佛有许多话必须说

又有许多话不必说

搂着　不紧　也不松

阳光很随意通过双乳

各有各的影子

各有各的风

一间空空房屋

朝阳的门静静打开

一堵墙薄如纸

就连最软弱的眼力

也能透视里面的一切

这是一个典型的下午

清醒的人像在梦游

路面悬浮大大小小的阴影

像软绵绵的石头

又像坚硬的马铃薯

一刹那间　都静止了

要走的没有再走

要搂的没有搂得更紧

下午　一个难忘的下午

宁静中纯粹的喜悦与恐怖

要么永远模糊

要么永远清楚

1990年7月

水　鸟

汉字不能描绘的啼鸣
来自河流的午夜深深
都睡去了
生命只有一次的人们
听听这孤零零的长叹
该是何等明亮的漂泊

第一声叫响河流很长
没有睡
河流自诞生以来
就在不停地走
要么中途干涸
要么归宿到海

第二声拥有整个夜空
整个夜空中
就只有水鸟清醒
它失意它求爱

都依据一声声鸣叫

动情，毫无顾忌

整条河流整个夜空

都归水鸟所有了

黑暗中我眼睁睁听着

这孤零零的明亮

从河这头

直响到河那头，两岸空远

整条河流整个夜空和水鸟

全都闪烁在我耳朵里

终于欣赏到自己

为什么每夜临睡

总想大哭

                                    1991年

歌唱生存

歌唱那些得到的东西。歌唱谷子
初春的一颗良种，长成一万颗秋收
歌唱每一节参与，粒粒精确的用心
反光的汗水，粒粒甘甜，粒粒辛苦

歌唱一本书。没它时就八方求索
有它后就夜夜沉醉
一如写好的诗，三个季节处处碰壁
终于在最后一季，飞入窗口
其中的爱与烦恼，说得清说不清
都已无所谓了，只要心底明白

歌唱一间小屋。虽然漏雨透风
毕竟不寄人篱下，就舒服
一片瓦一道寻觅的痕迹
一块砖一格细微的积累
小小的家，总是从两双筷子开始
然后三双，或四双

一把忠贞的锁，只配一种钥匙
她也真美丽。还有她——我女儿

歌唱一支笔。走遍天下也不怕了
只要有纸，谁能把思想吹去？
谁又能掠夺感觉和情绪？
十五岁就开始白天分行晚上押韵
有几人像我那样深深入迷？
歌唱诗，歌唱自己
歌唱这千辛万苦生存的纯粹

歌唱那些将要得到的东西
那些没有得到的东西
已经得到，不能得到，不可能得到
以及永远也得不到的那一切东西
是我生活的全部

幻想中走遍宇宙，却又住在斜江村
登临光辉之巅，却又在乡村上课
其实都是一回事
分享别人的喜悦，承担别人的忧伤
又何必把一切都看得实实在在？

有一些爱介于似有似无

有一些美位于若隐若现

有一些精神越缥缈也越完善

我的梦中情人，我的万能之瞳

我的辉煌，我的壮丽

以及，永远也不回应我的死亡之谜

诞生之谜。一切深奥寄托了梦幻

遥远而又高大的追求

有如万古不灭的神灯

大自然的简朴与博爱

充满日月星辰

而我永远到不了永恒那边

有一些痛苦美妙如歌，水在流浪

有一些幸福简单如盐，火在逍遥

有一些梦，近如五指，远如古代

有一些路，顺着时针，逆着梦境

歌唱人生，歌唱父母兄弟妻子儿女

歌唱春夏秋冬，花鸟鱼虫

歌唱东南西北，风雪雨雷

歌唱一撇一捺的深远意象

歌唱一横一竖的不朽灵肉

而在所有已得、未得、将要得

和不可得的东西中

最美是世界得到了我

一如我也得到世界

面对唯一的生存，始终要深情歌唱

一如世界歌唱我，我怎能不歌唱

1992年

这个下午

这个下午深具惶惑

在混沌与空想之间走钢丝

我的期盼危险将至

仿佛有意为自己骗取幸福

光芒们都不见翅膀，不知不觉又看到落叶

活着，时而小丑，时而英雄，时而什么也不是

而始终是人，相信并不存在的选择

阳光是七色的，这不是什么秘密

相信这个秘密的人，会活得错误也活得缤纷

不相信呢，会永远正确也永远灰色

不知不觉又到了枯萎天气

茶叶再次舒放死去的花朵

浅浅的酒，淹死了景色

我陷于深深的诗歌困惑中

想挣脱自己，又身不由己

雨点和钟声各走各的路

都皱纹得很，都S极了

而远方，朋友的手正把我从名单上划掉

发出的请帖也一一被收回

我无法前去碰杯，签名在阴影下握手

几声叮咚的美感悬停在半空

鸟影画个圆，哨音滑过帆

这个下午好生奇怪

我疑心重重等待朋友的到来

唐诗的故事高高挂起

宋词也紧紧关闭了门

与石头结伴而坐，影子击在墙角

这个下午有了伤口，水波描绘着阵阵隐痛

该来的没有来，不该走的又走了

我以超重的伤感，在记忆表面走钢丝

1993年

这天我做了许多事

这天我做了许多事
首先和两个裸体的环境保护者一起
在埃菲尔塔下举行引人注目的抗议
这时候又有一百种动物正在消失
这时候又有一万种植物正在消失
抗议！抗议！抗议却一天天猛增
太阳啊我们只剩下赤裸裸的生殖器
明天的婴儿啊还有没有奶吃？

然后我到战火纷飞的冲突中去
充当无用的和平使者
停火协议签了又签，签了又签
满纸无比正确的好话
其实都是绝对无效的废话
该打的仗打了又打
不该打的仗也打了又打
在今天就早已作好明天的调停打扮
娘的斡旋，总之要吃这口外交饭

如果这世界没有仗打
军火商和外交家将同时饿垮

历史重复得不耐烦
新闻重复得不耐烦
上帝信仰得不耐烦
吸毒、暗害、竞选
我在足球场上又进球一个
我在汽车赛场败下阵来
我检阅仪仗队，我指挥军乐团
我宣誓就职，我宣布辞职

这天我做了许多事
可是，合上报纸关上电视闭上嘴巴
我什么事也做不成

               1994年

麦　芒

1

听听麦芒上的风

如读年代久远的年画

读着，读着

就回到古老的盆地

杜鹃又在绿幽幽地抒情

河流如酒

移动无始无终的好梦

阳光激动着千万只眼睛

花蕾的眼睛

叶芽的眼睛

不怕深深的麦芒洞穿

而以风中的倒影去读

以水里的闪烁去读

去读麦地上

久别重逢的记忆

太敏感了

那些麦芒密集的雨丝

透明的钟声越长越青

仿佛遗忘多年的乡音

又悄悄回到酒杯

老去的是影子而不是道路

当我躺下，在麦地边草丛

又一声水鸟从远处传来

引起新月弯出笑意

星空之下

听听麦芒上的风

一定有人捕捉到了优美曲子

并在周围游荡亮光

2

当麦穗比眼睛还高

我怎么也躲不开麦芒

苔藓深厚的墙壁下

红蚂蚁死了一堆

黑蚂蚁也死了一堆

阳光刺绣着蝴蝶的下午

鱼的下午

青蛙的下午

当蝈蝈叫深菜园的月夜

黑蜘蛛网上

便开始闪烁荧光一朵

向我默默呼救的一朵

一点点暗下去的一朵

如麦芒的尖锐

怎么也躲避不开

后来一夜夜梦都无法结尾

总听见红与黑的枪声

新蚂蚁死了一堆

新蚂蚁又死了一堆

麦芒以外

逃走了一双双惊醒的眼睛

星星，星星

星星比麦芒更高

1994年

在桂花树下感受时间

在桂花树下感受时间
在中国的桂花树下
感受茫茫无边的浑圆的时间

月光从网网错错的树荫间筛落下来
但是传说千年的奇香异芳还没有花开
撩人心魂的仙女裙也不见光彩
那么，我坐在树下，是月亮安排
是她把我召回到神话，召回到古代
感受人类哺乳期的时间之神
羽毛尚未丰满，已在满天乱飞
我感受不朽就在这一瞬间
感受我的不朽，在一粒粒星辉

但是现在流行闪光的尘埃
桂花树从月亮移植下来
正是月亮逃逸出月亮的边界
叫我的诗兄在唐代大彻大悟

永恒了一夜大醉大迷的花月春江

听我的邻居永远砍树

伤口出刀而合，入刀而开

我的女友让玉兔捣药

永是冷冷漠漠的机械回音

永是清清静静的苍凉快感

这些中国月亮上寂寞的死脑筋呵

只需要半步，就到了环形山

就到了宽阔的有外星人出现的高原

并且见到阿姆斯特朗留下的旗杆

时间的僵硬是月亮的过错

我听见星星流动，擦着天际的声音

树荫的滴落在我身上穿透

然后悄悄爬出我这稳坐的背影

在这寒冷的夜，感觉自己很新很新

夜虫忽地飞过，夜虫在吟唱

它们之中，有的刚刚出生就要死去

甲壳的圆满啪的一声从枝叶间熟落

谁会想到这时候还会有夜游的野蜜蜂？

当的一声，远处又传来钟声

冷感到雨滴，这境地午夜总会有雨

中国的桂花树是一株时间

感受树荫悄悄爬上背影的必然

鱼尾状花纹，也就悄悄爬上谁的眼角了

1998年

一条细蛇从水面游过

一条细蛇从水面游过

阳光，阳光，细嫩了许多

岁月浅薄，人也浅薄

是一条小小的、脆弱的蛇

正当早晨空气很新，林荫很年轻

我看见水面荡起小曲的花纹

一条蛇生存如此不易

既要防火，防夹，也要防口，防冻

从小担惊受怕，悄然无声

正当鸟已哑语，人梦未醒

这条蛇涉水而过，上岸，潜入草丛

我呆在独木桥上

透明全身，电流全身，冷冰冰

从卵到虫，从细游到猛攻

一条蛇涉过险境，步步高升

何时才能使我敬畏

它毒它凶，昂扬力的眼神

此刻却很细小，微弱

像我遥远的童年，失落的爱情

像我与诗的迷恋之初，独步之初

1999年6月

夏夜之泳

一个人爱在午夜前来游泳
静静地面对星空，拍打水的呼吸
近处的房楼，灯光是孤独的
如果这世界，还有人迷恋阅读，迷恋写作
灯光投来水面，陪伴我沉浮
除了水的节拍，再也说不出一句话来

这世界诗人是孤独的
心，何时才能够重新滚烫起来
重温激情的梦，初恋的梦，少年的梦
也是在水中，在月下，也是一个人
爱在午夜幻想情人，幻想命运，幻想未来
偏偏不会幻想，今夜爱一个人游泳

星空是孤独的，因而渺小，容不下一个人
千百年来，人们在树荫下
在草丛里嘤嘤自语
彗星是听不见的，不管有多么光辉

河流远去，我只有静静地躺在水边

静静地思考宇宙，上帝

静静地面对死亡

因为，生命不可以再来一次

死亡，也不可以再来

这样在星空下击水，呼吸，仰泳

在夏夜的星空下，上帝满脸都是虚无

宇宙满脸都是静，只有水是生动的

星星在经纬网上有名有姓

都是人类假设，人类想象，人类命名

星星在水中混为一体

被我击碎，吸入，吐出

这一切真好，可以再来一次

从这岸到对岸，星空依然不理

水的映照，心灵的映照

上帝不知在哪里玄妙

宇宙，却冷冰冰摆渡在头顶

小是巨大的，小是万物伊始

小是卵子也是精子，到后来高大成人

小是无限的，正如宇宙的爆发

好久才会再来一次

静静地躺在水边

宇宙很深了，上帝很轻了

生命，却分量很沉，很沉

正如我这湿漉漉的裸体

河流感动我的生命

从远方来的未知，是无限的

到远方去的谜，也是无限的

只有两岸静止，树荫不走

只有我和星空相约，明天再来游泳

这一切真好，星座和水声

明天，可以再来一次，再来一次

1999年7月

迷途蜻蜓

在这清风明月的可人之夜
一只蜻蜓误入房中
寻找光明,更寻找蚊虫
当我关门闭窗,它正飞得兴奋

睡梦中窗纸噼啪作响
黑暗中,只有窗纸又白又亮
饱食于蚊虫,却饥饿于光明
这蜻蜓,现在只想朝窗外投奔

几番扰醒,我心终于不忍
伸出上帝之手,轻而易举将它捉住
轻而易举放归它于月明之中
它头也不回,展翼而去
既不向我道谢,也不说声再见
这时我再也睡不着
这蜻蜓在黑暗中摸索
处处碰壁,几多反复

是我伸出上帝之手，将它解救

而它决不去想：这手究竟是谁？

其实我也是迷途的蜻蜓

在诗歌的窗纸上磕磕碰碰

在灵魂的黑暗中双翅湿重

但是，谁又伸出上帝之手

将我在冥冥之中解救？

2000年

烧酒·老黄昏

——怀念父亲

之一：烧酒

烧酒从深巷传来

男子汉们汗流浃背的热气

劳累了一天的当家人

躲到这里来享受神仙

我不知道烧酒是什么

我只知道牛肉好吃

老成都的卤牛肉

香得我两眼绿幽幽

我的父亲没这个福分

他只在家里喝一杯

佐以几颗炒花生

我们兄弟几个两眼绿幽幽

他只给小弟弟一颗

他喝了酒神采飞扬

长大后我也喝烧酒

味道很深，深不过巷子

尤其是老成都那条囟牛肉巷子

我等待我的父亲出现

等了整整二十年

我的父亲只能在家里喝一杯

今夜，我独饮在异乡酒店

想念我劳苦的父亲

故乡的月亮一定很好

但是父亲，您现在又在哪里喝烧酒？

之二：老黄昏

永远觉得，父亲

就在前面的路口喝烧酒

来一份囟牛肉

来一份汗流浃背的老巷春秋

来一份充满傍晚气息的飘香的老成都

饥饿来得迅速

在远远的路上

像自己久已磨损的乳名

在回乡旅途的尽头

把谁喊痛了

哭声吞在了心头，天空还在走

老街的样子永远在重复老街的样子

成都咀嚼着名牌

成都以美食名满天下

父亲的故事，总是美美的食物

总是美美的食物，总是美美的

今天我从老街口经过

来一碟渍黄豆，打二两烧白酒

眼里满是童年少年的电影

一颗一个情节，一滴一串思绪

慢慢慢慢品味

细细细细饮

但是唯有记忆中那份美好的卤牛肉

永远，悬挂在回味无穷的窗口

父亲，为了那一餐迷醉的老黄昏

我一定要等您

2000年5月26日于斜江村

有杨然、赵江临、朱维连喝酒的夜晚

有杨然、赵江临、朱维连喝酒的夜晚

有吴仲祥总不喝酒，总在侧边呐喊

"雄起，雄起"，我才把你雄起

回回都在邛崃建设路，这花花世界岸边

总是赵江临做东，印象中他比我们有钱

总是他首先提议：来来来，为诗人干杯

为小祥、小朱几个哥们干杯

而小祥总是劝不动，这家伙样子很深

总是拖着三层楼的下巴

慢腾腾地挤着官员的形象

而小朱总是豪爽，是毒药是马尿总给喝了

而杨然总在这样的酒桌上现了原形

总把诗兄李白的海量演变成趴相

赵江临，这家伙山转，水也转

整个邛崃的酒家都为他开

他要火锅，他要麻辣烫，他要冷啖杯

这家伙总是天转、地转、人也转

不转的只有手中的杯子

在暗地拼命地为他打着饱嗝

不管你眼睛涨红没涨红，脑袋长大没长大

他要你喝，绝不准你爬在地下挖个地洞

有时候杨立军也来，有时候赵青柳也来

总是围着赵江临转，他是他们的大哥

而我纯属多余，我仅仅是个诗人

而我真正的诗篇，他们并没有读过

彼此因为校长才凑在一起

而情投，而意合，而志同，而道合

转眼间我也成了他们的哥们

这天我横下心来，也要英雄一回

来来来，我敬赵江临一杯

来来来，我敬大家一杯

我也天昏地转，比赵江临还赵江临

我不是诗人杨然，我是冉义中学校长杨天福

我把整个邛崃建设路抽底一喝

让所有兔脑壳鱼火锅都现了趴相

总有杨然、赵江临、朱维连喝酒的夜晚

总有吴仲祥不喝酒，这家伙总是样子很深

总是劝酒、赞扬、吹捧

因为赵江临很直，就像街边的大树

因为朱维连很爽，如同街边的路灯

因为吴仲祥很鬼，好比大树与路灯之间的影子

而杨然很醉，总是希望这样的聚会再来一次

再来一次，而且总在邛崃的建设路

2000年8月13日夜作

粮食的幻觉

我怀揣谷物
最后一把记忆故乡的泥土
因饥饿产生幻觉
失去水和阳光的种子
找不到机会放声痛哭

我梦见人们满街狂走
抖落浑身生锈的金子
粮食！粮食！
渴望鲜嫩而又鲜活的灵肉
终于认清豪华的高楼
命运的否定全是铁皮包骨

粮食！粮食！
满空的嘴互相疾呼
我怀揣最后的希望沉默
最后记得河流、鱼类、清风
我成为忧伤的泥土
为幻想感到空前的饥渴

2000年

水边的阿荻丽娜，或浣花女

水边的阿荻丽娜，是谁
只知道写满情人名字的音乐
水顺着奇妙的倒影，无尽地流来
那是我梦中的浣花女，故乡的浣花女

想起来还散布着情窦初开的香气呵
散布着春暖花开的香气，尽在无忧无虑闪烁
让干干净净的欲望，在肉体之上
让深深沉沉的依恋，在梦想之上

谁不愿在夜深人静的幽远水边
独自一人，洗净自己有罪的身子呢
只让月亮知道，只让风知道，在水一方
沿着诗意逆流而上，我找到了你
我的先民最初的女孩子，是那样明媚
以至于让销魂的佳句流传于千古

水边的阿荻丽娜，或浣花女

各种肤色的眼神，不约而同留住了你
最初的情人或恋人，也是这样入梦的
也是这样在水边，为我展开抒情的迷离
任我陶醉，也任我想象和爱美

今天我是音乐的，明天我也很诗词
我听你明，听你丽，听你鲜艳和妖娆
我写你舞，写你飘，写你轻盈和闪耀
月光为我涟漪好路了
雪夜为我解释温暖的故事

我认定你是东方的
曲子，却冉冉升起，在远处
我就要沉浸于春意
在美的肤色下渗透，在爱的渲染里流走
我宁愿消沉，如果是被你淹没
我宁愿潜游，如果是被你注满了自由
你听，你听，你悠远如魂的音色
正带我向故乡流去、流去
在夜深人静的幽远的水边

2000年

梦见外星小孩

那天我背着书包赶路
手中用豆荚数着脚步
心想这么大了还要读书
也许这是最后一次上学

豆荚说：这就是幸福，这就是幸福
最自由的时光总在途中

一只土豆状野猪遭到伏击
一对年轻夫妇把贪婪都笑眯了
他们得到了想得到的表皮
而真正的生物却已经跑了
我知道它跑掉的方向
胖嘟嘟如一头聪明的洋葱
咚咚咚，咚咚咚

我掉过头追赶过去
它就躲在我的丈母家
化作坛子上的盖子

白胖胖地瞟了我一眼，我就得到了它

最先是一简白胖胖的空白
抱起来，才发现是个可爱的外星小孩
美目特大，对我女儿信任有加
他们互致问候，表达彼此的接受
承认对方的美好，仿佛已相识多年

我家那头宠物猫，长着卡通猪嘴
怀着失宠的恨意，去抢杨灿的呵护
我抱着外星小孩走下台阶
两壁密密长满了青蛇
都是细细的野藤
外星小孩用美满目光挑逗这些纠缠
让满壁的细长回到夏娃时光

醒来，已是两千年十月十八日
拧亮台灯，那只黑猩猩玩具正两眼专注
一副忧国忧民的样子
我说：对不起，不管你忧虑不忧虑
这首记录外星小孩的诗，我一定要写

2000年10月18日凌晨

梦见狐狸和高高的芭蕉树

向南的大芭蕉叶，深蓝

古代那种大花瓶深蓝

能一瞬间惊心动魄

掠起你久远的记忆，向江南想起什么

向北的大芭蕉叶，湿悠悠的绿

一下子使你冷静

心情向雨，但是再也没有疼痛的美感

只是一些表皮的愉快

到浅浅的记忆为止

而山寨夫人却在大树上安装狐狸

那也是一只白了发的狐狸

僵硬，咳嗽，看守道路已经模糊

这样的幸福还会有什么保障

闯进一头猪，一切温情化为恐怖

山寨夫人老了，只记得年纪轻轻的往事

不再在吊床上设置岗哨

无论是猪，还是白天的领导或者夜晚的强盗

他们要来就等他们来吧

山上最好的宝藏，便是那片高大的芭蕉

突然觉得自己更像土匪

我是从哪条道路钻出来的

面对这只老化、咳嗽、手脚不灵的狐狸

忽然觉得山上更应该养一只猫

她吃芭蕉，更吃闺房中越来越少的古董

最后的梦山上，肯定只有一丛丛青草

他们宁愿回忆起狐狸

而不愿提起诱人但又有音响的芭蕉

2000年11月17日晨

冉义中学停电之夜的一瞬

冉义中学停电之夜的一瞬
我正坐在黑暗中的风口纳凉
地处圆形花台的偏旁，四面环楼
而我恰好位于风口中央，浑身含爽

夜是真的黑了下来，四面环楼
一如错觉中地处盆地四面环山
几个女子坐于花台边缘，黑暗中身影模糊
咿咿呜呜谈着什么，好像北京猿人刚刚言语
身影模糊，形同古代猿人那种身披轮廓
咿咿呜呜，迷糊中她们和她们哪有区别

雷声正在远方蠢蠢欲动
叭的一下火闪，撕亮了黑暗中的阴影一角
一个男子正在抽烟，火星随着手势几落几起
他是老董，一个长发健将也会闷热而不耐烦
他跟几个男子正在那里磕磕绊绊
唠叨四川今年久旱之久，久旱必有大涝

175

我独处风吹爽爽的山谷城门

躺在黑暗的怀抱让魂漂浮

大夜已古，闪电已古，就连哗哗的树叶同样已古

我把自己定位于外星来客

感觉周围的一切混沌初开

浑身赤裸，我在冥冥之中预感花园有蛇

2006年9月2日

大洪水的故事

我常常和杨灿想到大洪水故事

我们感到吃惊，不管古代穿着什么肤色

洞穴操着一万种口音

所有颜色的先民，眼睛都长在树上

不约而同讲起大洪水的故事

从蓝眼睛讲到黑眼睛

从黑眼睛讲到灰眼睛

然后，从消失的远方讲到如今

跟大洪水一起涌来的是一条蛇

嘴里永远衔着苹果

讲着草绳结出的文字

泥土烧出没有记忆的版图

只有自弹自唱的幽深符号

讲着虎、石头和月亮的关系

然后，倒床一睡，历史就翻过了千年

大洪水来自共同祖先的血脉

也许，只有这样，我才领会其中的遥远

遥远到北斗星还不是七颗星星的模样

冰的海洋从天而降

忙坏了远道而来的苍老彗星

一个也不留下，就沿着黑暗走了

鱼做的图腾和鸟做的舞蹈结合一起

生出许多惹是生非的寺庙

让一些有用的文字升腾金色

而让另一些文字纷纷撕碎

不死的影子绑在柱上，一直焚烧

并且让逃逸的烟灰转化经书

我知道我们永远怕蛇

根源于我的前世生活在树上

总有做梦的影子，落地而成翅膀模印

是我遥远遥远基因的模糊想象

大洪水总在冰川之前，在雷火之前

一直掌控我们遗忘的方向

不断把城市和朝代一层层淹埋

在文明和野蛮之上，无影无踪

现在，我常常和杨灿一起

讲起大洪水的故事

杨灿是我的女儿，她感到其中的奥妙

一定深不可测，也一定高不可攀

2006年9月20日

火星日落

二〇〇五年五月十九日

勇气号火星车稍事歇停

古谢夫环形山寂寞环境

睁着混沌初开的大眼睛

那是人类第一次看日落

在蓝得深蓝的苍穹下，在火星

蓝得深蓝的浑圆大苍穹

蓝得灵魂与宇宙梦想成真

大地展现深黑无边的大骨骼

意志之铁与幻灭之钢融为一体

太空宛然透明到无法穷及的遥远

火星日落，看一点雪球支撑时空

跟地球上血红的情调正好相反

这火星日落何其冷酷，渺小，毅然决然

概括了人类有史以来所有孤独

一点轻微骚动构成一部时代负重

宛如古谢夫环形山亘古的默默无言
告诉我：漫步虚无跟漫步永恒相同

漫步一瞬，勇气号火星车稍事停歇
宇宙眨眼的二〇〇五年五月十九日
我跟所有人类的优秀分子一起
隔着遥远的和平之旅，看火星日落

2007年2月6日

楠木溪听蝉

这些蝉声是跟天色连在一起的
天刚亮时，它们的金嗓子凭空迸发
一树最低处的领唱，应是它们最野的智者
一曲激越的闪烁，一呼百应
漫山遍野都是回声，和声四起
掀起金嗓子高潮，一浪高过一浪
压倒漫山阴影和满天星斗
呈现棱形状声律，梭镖鱼状声律
它们的迸发如此迫切、如此迫不及待
从天而降，撒满密密层层山林
让你听见山林胸腔肆意的心跳
一浪高过一浪，荡起隐者的激越情怀

这些蝉声是跟树叶连在一起的
使你想起生命也是这样密密层层
整个楠木溪的风可以形容为一个轻
这些蝉声带来银针，刺出轻风的无数漏洞
使它们还没有吹出源头

就在零零碎碎溪流前止步

所有树枝挂满了游人零碎的身影

这些蝉声在白天总是零零碎碎的

比不得早晨的蝉声汹涌澎湃

使金嗓子引领的曲子面目全非

推开窗子一看，满山的迷茫碎得可不轻呵

这些蝉声是跟夜色连在一起的

随着雨声入睡，伴着溪水呼吸

整个楠木溪的静可以形容为一个黑

这些蝉声让山林的嘴里含起银片

轻轻点点，离离细细，雨夜就这么碎落

随着天亮一声呼唤，最先醒来的属于金弦

由远而近，由表及里，由弱到强

它们的响应是很规律的，一阵又一阵

一阵又一阵，催醒意想不到的晶亮骤雨

而当光线从地平线升起，它们骤然熄灭

取代它们的是另一片急雨下的细碎银声

这些蝉声是跟天色连在一起的

这些蝉声是跟树叶连在一起的

这些蝉声是跟夜色连在一起的

这些蝉声在楠木溪，此起彼伏

坑坑洼洼，闪闪烁烁，最猛是早晨那一拨金声

2007年7月17日

甲壳鸟

甲壳鸟从石缝里钻出来

潜水、浮水、点水、振翅、飞升

根本不把我们这些惊呆的人们放在眼里

就在头顶上方回旋、漫步、细语交谈

在我们膀间、手间、腰间肆意穿行

它们是这个世界的主宰，没有理由怕谁

它们的翅膀亮闪闪的

那是一种蛋壳状的翅膀

打开、合拢、关上

包含了一个浑圆而又完美的肉体

一个自足、自信并且智慧的生命

这双亮闪闪的翅膀呵

油黑如记忆深处最肥沃的故乡土地

放在哪里都能闪闪发光

它们在空中回旋、漫步、细语交谈

集成了昆虫、鸟类和爬行动物的优点

而对游客如织的山路满不在乎

这些游客都是慕名而来的

慕它们的名，来游阿尔卑斯山

晃眼一看，这山竟然集成了古堡、石林

雪峰和火焰山的倒影

而把最美的山谷留给甲壳鸟

把最美的水，留给它们居住的石缝

此刻，甲壳鸟从石缝里钻出来

那里曾经是螃蟹居住的地方

失去翅膀的王者没有理由横行天空

而由它们占领森林、彩虹和山水

三三两两，细语交谈，漫步在群像之上

漫步在我们这些惊呆了的群像之上

在我们膀间、手间、腰间肆意穿行

我现在也跟甲壳鸟一模一样了

潜水、浮水、点水、振翅、飞升

把梦打开、合拢、关上

我也是一只既古老又年轻的甲壳鸟了

2007年9月9日梦游阿尔卑斯山醒后作

梦见杨灿孤身涉过河去

梦见杨灿孤身涉过河去

世界正在涨大水

乌云密布，浮桥踏着层层浪波

我的心跟着浓雾低沉无语

培培在身后风雨飘摇

移动的背影义无反顾，树子相拥

疾风中的飞鸟头也不回

对岸不是我所能够到达的地方

那里常常有虎虫神出鬼没

女儿！一路上小心是我的嘱托

你看那云已经低得不能再低

那雨已经密得不能再密

浓雾厚得不能再厚

整个世界灰蒙蒙的

你的一举一动都对我们举足轻重

你的一步一行都让我们程程牵挂

女儿！一路上小心是我的嘱托

你的翅膀是你的蓝图

你的飞翔是你的前程

我们不可能随你同行

道路的核心问题在于方向

首先不要迷路，其次不要栽跟头

树大招风，避雷要选择坚固的房屋

我们的帆影已经落地生根

石头掏空，此岸已成风中的家

我们不可能随你同行

水已大涨，雨下个不停

女儿！沿途的风波让我们揪心

希望你有伞打伞

有风衣请穿好风衣

路更滑了，风更紧了

所有的行程如履薄冰

希望每天晚上有一堆篝火

不仅烤好面包，也烤干衣物

要知道爸爸在梦中为你打伞没用的

在诗中为你点燃篝火那只是安慰

一切全靠你自己，请多加小心

妈妈的脸上已分不清

什么是雨水什么是泪水

爸爸的梦深一步也浅一步

浮桥随波荡漾，雨雾模糊了天空

我们在这岸听风声听雨声总是经久不息

窗子和门打开又关上，关上又打开

窗子和门的开关声也总是经久不息啊

也总是经久不息啊

我在风雨交加的夜晚

总是梦见杨灿孤身涉过河去

2009年3月17日

洪水滔天

还记得吗，洪水滔天

密林中，我有一处高山躲藏

我怎么会来到天上

我怎么会一直都在天上

一直都在天上东躲西藏，洪水滔天

已经有多少次做这样的梦了

满目苍穹是密不透风的雾水

大地在下雨，天空在下雨，宇宙在下雨

除了白茫茫世界你什么也看不清

大雨在所有时间和所有空间一直下个不停

我找不到一块干燥地方起飞

只能在悬空的大树梢落脚

它们一直在追我，水，洪流，波浪和漩涡

我稍一有停顿它们就汹涌，就淹没

我在密不透风的雾茫茫时空

找不到一丝丝亮光

时而上天入地，时而天马行空

横竖不是抗争，而是逃命

曾经的云曾经的烟如今烟消云散

只有迷茫茫浓雾弥漫昏蒙蒙浑圆

无论古老的指南针还是现代的导航仪

没用。横竖只有一头雾水，满头雾水

全宇宙雾水。横竖我在时空中湿漉漉飞奔

分不清东西南北分不清古今中外

更无从知道曾经还有诺亚方舟

呼，上天，呼，入地，呼，呼，呼

横竖不是飘逸，而是沉重

洪水滔天，枝干上早已盘满各种各样的蛇

鸟飞绝，鱼在脚下涌动一团团浑汤

命该不绝的我生就一双永不疲劳的翅膀

不是渴望飞翔，而是渴望落根

密林中我有一处高山躲藏

洪水早已淹至前额至下巴地方

我的躲藏只能做飞行状，做仰泳状

孙悟空一个跟斗十万八千里是我的榜样

但是永远跳不出宇宙大洪荒迷茫茫掌心

我不想永远东躲西藏

我只想在一棵大树上静悄悄筑窝

拔地而起，或者任性俯冲

长驱直入不需要任何方向

尽管放心，随便你怎样横冲直撞

这满天的大世界永远是湿漉漉的

永远是，打湿你翅膀也打湿你坚强

逃亡成为永远的劳动，你只能逃亡

洪水淹至你前额至下巴的地方

你不能停顿，你只能翻飞

翻飞，任随你栽桩打滚别担心碰撞

这满天的大世界永远是柔性十足

永远载舟覆舟，也永远以柔克刚

掠过村庄，河流，大森林招手

王宫被吞没，又被吐出

所有国度所有时代所有文明和岁月

都被吞没，又都被吐出

整个世界一无是处，整个宇宙黄汤汤

所有星座所有银河都在下雨

都一直在下雨，一直下，一直下个不停

我在前面没有前方，我在后面没有后方

我在左边没有此岸，我在右边没有彼岸

横竖只有翻飞，飞奔，奔逃

呼。呼。呼。呼。呼。呼

已经有多少次做这样的梦了

还记得吗，洪水滔天，洪水滔天

2010年3月22日

梦见长竹竿做的龙在天上飞

梦见培培和同学站满了树子
她们都是冉义街上的女将军
南枝北枝咿里哇啦，飞天悬瓦
树木高大成材，成为林荫深深的市场
她们占树为王，一人占据一枝码头
谁也不敢招惹，绿叶遮蔽了天空

康霞班上的风筝是长竹竿做的飞龙
龙头是康老师挥旗，她站在竹尖上唱歌
龙尾是一个女生，可能是个班长
她们一前一后互相吆喝，为全班掌舵
全班同学就坐在风筝上，轻风飘扬
游荡在高高的天上，就像长长的火车

嗨，还没听说过风筝竟会这样
竟会这样轻扬在天上，东飘西荡
一点也不担心谁会从天上掉下来
龙尾的女生轻得就像蜻蜓

她们的风筝就像是随便飘浮的轻舟
康老师轻得像蝴蝶，她们长龙如虹
在天上一弯一浪，好不自在，好不风光
全镇人民都听见了她们的歌声

我在地上看得入迷，却依然担心
暗暗着急：嗨，千万别掉下一个人来
那么高的天，那么轻的船，那么飘的荡
观赏的人说：哎，别担心，没事的
她们从小就习惯了，这是东河岸的传统
她们从小就知道怎么乘坐天上的风筝

培培和冯亚伦赖学茹几个土霸王
在湖面上弄起波斯飞毯，来去如风
满湖的鱼儿大腹便便，抽着雪茄烟
它们对人们的把戏早已看穿，满不在乎
几个金龟老练成精，稍不注意就要咬人
咬烂你的船底，我在木船上胆战心惊

康老师班的长竹竿风筝轻轻降落
她们兴高采烈，奔向湖边的草地
培培她们在树上挥金如土，作威作福

我在湖边茫茫然，不知所措

不知道这世界究竟发生了什么

2010年6月28日

西窗篇：雨雪霏霏

唱歌在所有尘埃

那些声音不会熄灭

当你来到圆形草地

环绕高高古墙

那些墙外的声音

深深浅浅　由远而近

明亮而清脆

像阳光下的玻璃

那些呼儿唤女的声音

　　吆喝鸡鸭的声音

自古以来，就在墙外响亮地活着

当你翻过墙去　朝那些

又熟悉又陌生的声音走去

仿佛大片大片树林的颜色

就在最近的路口等你

它们　却又分明离你远了

那些若明若暗的声音

纷扬在千古尘埃

那些尘埃是月光蒸发掉的人影

是你祖先血肉的见证

来自黄金　来自酒杯摔碎的夜色

那些尘埃含有细细的骨气

含有凝固的泪水

一座座古城崩溃之后

栋梁和廊柱都化为灰烬

那些灰烬里有剑的年龄

有衣冠的性别

那些小得不能再小的尘埃

日复一日起起落落

贮存笑声的微粒　哭声的微粒

每当阳光过滤了潮湿的空气

它们就苏醒过来

想起从前的奇遇　又开始回荡

晒得又干又薄的风中

悠远的调子又悲又凉

你听了更想翻墙而去

去捕捉那些古怪的呼吸

那些一圈圈巧妙的旋律

唱歌在所有尘埃

唱歌在雨后天晴的正午

多么神秘　又多么自然

你无法忘记　它们永远不会熄灭

成千上万的生命　都这样归宿

从树叶　鳞片　羽毛

到根须　肤色　牙齿

都涌进灰烬的深奥旋涡

构成魅力无边的空洞

只要灵魂轻轻感应

它们就在阳光里闪闪烁烁

那些吹吹打打的声音

　　　边说边笑的声音

树枝的声音　鸟类的声音

鱼的声音　月光流水的声音

复活在星星点点的尘埃

你从此想为泥土唱一支歌

为天空唱一支歌

为命运　为你　为孩子

唱一支又白又远的歌

你知道无论你怎样唱歌

都只能回归永恒的尘埃

不朽的尘埃　绝对的尘埃

从此尘埃是你眼睛　是你心

从此你的呼吸不会熄灭

这世界除了尘埃的声音

你不再回忆其他歌唱

1989年

第二十九号肖像：镜子

深深地爱恋这一切镜子

圆的方的不规则的都使我入迷

从中欣赏我也牢记我

绝不相信我会从中疯狂迷失

那一天阳光最好　我被镜子团团包围

我哭我笑都那么真实

突然发现前后左右的我

都肯定是我　又都肯定不是我

我在重重叠叠光影中晕眩剧烈

镜子遮住了所有的窗　又堵住了所有的门

究竟　从哪里出去？

就连原来的自己　也成了悬案

我团团围困我　自己和自己转圈子

终于困惑了　千千万万都是我

唯一的那一个我　究竟　是谁？

唯一的出路　是粉碎爱恋多年的世界

重新投奔原野　走在天空之下

天空作为最大最起初的镜子

才能挽救我这千影万影湮埋的灵肉

撞吧　撞个头破血流

打开重新自由的窗洞

千片万片的危险　发出玻璃的怪叫

千千万万我的头颅

同时投向最完美的那块镜面

1989年

在今天的日历上

在今天的日历上
一些人死了，一些人正在诞生
而天才的生日或英雄的忌日
今天不一定写上

创造不朽音乐的大脑早已化为尘埃
也许脚下的泥土正是某位伟人的骨灰
名人的血肉，和凡人相同
终将回归大地，而思想却留下了
艺术留下了，绘画住在活人的眼睛里
诗篇如日月星辰

我们呼吸着
正如所有死去的人呼吸过那样
我们走着，笑着，唱歌或做梦
所有死去的凡人或伟人
也都这样走过、笑过、做梦歌唱过
就连强盗与独裁者，也不例外

都这样吃过、穿过、住过

而凡人死了就真正死了

留下遗产与后代

留下活人流传不了多久的记忆

而伟人留下辉煌，被后人赞美

罪人留下黑洞，被后人诅咒

凡人的灵与肉永远重复着

千年以来，没有改变

不管面孔相似不相似

一个凡人等于十万个凡人

一个伟人却只能一个

凡人的哭与笑在互相抄袭

伟人的爱与恨却无比响亮

凡人在纠缠中过活

而伟人独来独往

空气中的灰烬

也许是伟人熄灭的声音

也许是凡人腐烂的影子

今天的灵魂继承昨天的肉体

明天的情绪伸延今天的感觉

都远逝了，曾经很美很年轻的生命

都消失了，曾经很鲜很活跃的欢爱

在今天的日历上

一些人必然死了，一些人必然诞生

我惶惑，在未来的某一页日历上

会不会写进我的名字？

我今天活着，会不会写一首诗

比我长寿比我不朽呢？

悠久的诗章是我生命的愿望

渴望我的诗，活到明天的明天

1989年

音符之泪

那些不朽的灵魂

熟透了各种音符

你，听懂了其中一颗吗？

只要你听懂了其中的一颗

这辈子便有迷人的星座

我讲一只手的故事

摘过不灭的音符

也颤抖着偷过一枚沉重的苹果

巨大的城市中

唯有这只手，感到血液的饥饿

其他手都是温饱的

其他手洗得又白又乏味

这只手溅满婴儿色

握着永远的摇篮曲

而那页著名五线谱的诞生

报酬仅仅是一碟土豆

你，听懂了天才之音的苦涩吗？

我讲一位俄罗斯诗人的故事

在他的生命之窗

从来没有出现过美好的太阳

每天在阅报栏下

吃别人落地的面包屑

与普希金莱蒙托夫齐名

却没有一页幸福的日子

一个流血的字母

哪怕听懂一滴泪

月亮也不会空洞了

一种深奥的颜色

会燃烧甚至爆炸

我讲一位画家

他在苦艾酒的投影中

听懂了原始的阳光

星空的三原色旋律

旋涡在他的灵感

他在灿烂中听懂了辉煌的生命

告别黑面包

留下永恒的向日葵

你，听懂了无限伸延的光芒吗？

这辈子你要听懂一颗音符
一种光芒，一滴血泪
听懂真实的痛苦
天才的传奇与英雄的悲剧
听懂了并流传下去
你不再是多余的人

1990年

看 雪

好多年没下过这样大的雪了

打开门就哎呀了一声——

雪落在斜对门的红房子上

雪落在红墙外的生铁色树上

雪落在小镇四周

那些青青绿绿的麦地上菜地上

雪落在灿灿去上学的路上

雪落在培培卖馍馍的摊子上

雪落在我的黑呢子大衣上

雪啊雪啊好多年没有这样下过了

尤其在四川，在天府之国

又温暖又潮湿的这块盆地

难逢难遇真正的大雪

无论新年伊始或是旧年年底

只要下这样大的雪

这就是过节

老人和孩子们都喜欢极了

——这雪真资格啊

——这雪真没说的啊

——想起十年前的那场大雪了

在这下得正紧的雪前

老人以从前的口气说话

年轻的母亲以含笑的眼睛说话

怀中的婴儿真温暖也真幸运啊

初恋的小青年新婚的大青年

以生活刚刚开始的喜悦说话

大红大绿的少男少女

活蹦乱跳的小朋友们

代表就要堆起来的雪娃娃说话

我代表庄稼，也代表诗

在积雪的顶楼上望得很远很远

下课铃刚刚响起

同学们一窝蜂涌出教室

彩色的笑，彩色的衣，彩色的雪

交织成冬天最精彩的旋律

诗句在这样的雪前显得多余

为看这美景我再次搁笔

走，到田野去，到河坝去

去看下得正紧的大雪

1990年冬

给自己描绘未来

烧掉了太可惜。春水，或者秋水
会在此刻爱我吗？梦中选择的
一棵树，始终都是不老树。奇妙
以其音乐代替树叶，以其幻觉代替花鸟
让我安享脚下的沃土呢

又冷又白的一方寸空城，最黑
因而也最寂寞
我要失踪并且远行
来到从前没有来到过的地方
而给独生女儿一种错觉
妻也误认为我仍然活在异乡
多么好啊。毕竟悲苦是多余的灰烬
而让窗口一尘不染
她和她常来美妙的树下坐坐
走走黄昏，并不知道根须底下是我
微风的轻抚代替了老去的手指
我很沉静。愿意常听亲切的足音

不要烧我。我平生爱吃蔬菜水果

今后也以蔬菜水果代替我生活

我爱看云也爱听鸟

今后也以云和鸟表达自己的心情

毕竟终生只选择了一棵

人们常常赞美的那树

那春水或秋水就会终年不停地倾注

消失在某一个纯净的夜晚

只让她们觉得我依然活着

并以晚饭前的习惯站在门外

等我一声呼唤，笑吟吟归来

那杯那筷仍摆放在我的那方

那窗外的树便永远庇护她们了

我正在鸟语花香的这口窗前

给自己描绘遥远的未来

1991年

怀念最初的

步入中年，怀念最初的那一片

野性，或叫灵感

不近常理，不顾利害

不考虑那么多古怪不古怪

惹人不惹人，得罪不得罪，不考虑那么多

哭的时候就痛痛快快地哭了

笑就大大方方地笑

多么有棱有刺的一棵血肉啊

步入中年，小家有了，独生子女有了

文凭职称有了，样样都要考虑周全了

因此棱也无所谓棱，刺也无所谓刺了

平平稳稳的一颗石子啊

想起十年间所有的咏叹

忽发现还是野性那年诗章最好

敢哭敢笑那年最好

反复无常而又大悲大喜

不怕打骂，不怕得失

说一声走，就轻悠悠地走了
说一声渴，就大饮大醉起来
说一声写，就没日没夜长长地写了
真美那大起大伏的情感，浩浩荡荡的幻觉
那少年或青年，还是不知天高地厚最好

就想起中年以来无诗可写
满足于人人满足的五光十色
多了一层画面，少了一环才华
所以怀念最初的那一片狂热，或叫迷爱
平平淡淡的这白天这黑夜
响起一记凭空产生的耳光
打我，在光晶晶的假笑上
如刀似剑的一步步
直刺又聋又哑的冷冷静静的中年
更怀念最初的那一片野性，或叫灵感

1991年

在初春周末读一部世界史

在初春周末　读一部世界史

那奇妙　是敏感到万古

一个字就埋葬着一座城

一个女人就兴亡着一个王国

一句轻飘飘的话　就概括了大规模流血

金字塔不是随随便便写进来的

即使是万里长城

也用不完那轻易蘸取的墨水一滴

一个人在纸上更是无踪无影

只留下皇冠　化作星辉的一点

我知道我是如何的渺小了

一撇一捺　便从猿类走完了进化

一横一竖　悬挂起照耀千秋的痛苦

气吞山河的英雄生涯

只留下简简单单的生卒年代

又冷漠又灿烂　史书上的拼音文或象形字

阳光下的影子　是青铜的回声

是朝代的梦　是河流平原的呼吸

一分一秒品味活着的伟大

敏感到万古是一种幸福

我在鸟语花香的树下　读一部世界史

1992年

这盘棋

这盘棋，一直下到我一人，还要下
我和我也要拼个我死我活
诗人，或农夫
或历史上任何一位侠客
走星月走风雨，也走最初或最后
以唯一的生存掷下赌注
要输的输定了，要赢的也赢定了
要么赢个满怀星座无始无终
要么输个干干净净为灰为尘

这盘棋，摆开为天，铺开为地
我走我灵肉攻破一步步迷宫
从啼哭开始，就注定走错或走正确
笑是一种补充，一种讨论方式
就连无辜的孩子也押了上去
就这么一下，就全完了或全有了

早迟都要走到这一步的

只剩下我，和自己决斗

赢和输都同样绝妙无比

最怕一盘和棋，容易演成闹剧

那么，别犹豫了

诗人，或农夫，或所有侠客

这盘棋一定要有个黑白结局

要么上天入地为帝为王

要么下水走火为土为木

都以这一着棋定论

我裸露所有灵肉

以诗歌为导游

在棋局内外不停地走，不停地走

要么葬身黑夜

要么东方再次发白

1992年5月

我投德克勒克一票

南非大选如期而至

我以一百〇二岁高龄

步行一点零三万公里

走进第一个选举日

今天，是黑人和世界过节

选票，是老弱病残者先投

我投德克勒克一票

不投曼德拉

不投曼德拉他肯定当选

我参加一国元首大选

记不清有多少次了

波兰变革的年代

我投雅鲁泽尔斯基

而不投瓦文萨

我知道瓦文萨已遥遥领先

在俄罗斯风雪弥漫的火车站

我投雷日科夫

而不投叶利钦

我知道叶利钦已稳操胜券

水门事件刚刚泄露

我再次投票给尼克松

我知道当英雄不容易

当失败的英雄，更不容易啊

就连偏僻的阿尔巴尼亚

我也不放过投票的机会

我知道霍查的接班人必败

但我仍然把票投给阿利雅

我是尊重客观的老人

潮流与因果报应的见证者

在更远的年代

我把票投给赫鲁晓夫

投给马歇尔，投给张伯伦……

我是革命与轮回的参与者

我知道哪些票再多一张也是作废

哪些票再少一张也一锤定音

我手中握的恰恰就是这一张票

今天，作为种族主义堡垒的最后见证

我以高度的年迈和责任心

感谢德克勒克同黑人对话

所有的肤色平起平坐

所有的眼睛享有阳光

所有的影子飘入空气

我知道曼德拉必然获胜

但我投德克勒克一票

没有流血哪有正义

没有抗争哪有胜利

我知道种族主义必然垮台

感谢德克勒克动手挖自己的墙基

明天，我要到更多的地方去

参加更多的选举

我的票总是投给落选者

参加竞选的人啊

你要格外当心

1993年

诗歌的胆

我现在感应诗歌的胆了
诗歌的胆没有样子
诗歌的胆也不需要样子
很有可能，它就只是一股杀气
碰见情绪的刀刃
必然产生一些疯狂的美丽
但是碰见幻影的水
却只能磨亮石头的名字

诗歌的胆！我现在手中的笔
很显然正在患深刻的肾虚
我看不见那些野火中舞蹈的女子
那些敢叫你在波浪上击鼓的女子
把梦做在更深的梦中
那些绝妙的女子，我看不见
我不能沿着智慧的瀑布
冲向思想的深渊

我现在惊慌我眼力之昏了

诗歌的胆啊高悬以星子的气色

透明到寒冷的极度

把想象一层层包围

耀眼了奔流的言语

诗人被卷入终生的苦刑

永是漂泊的苦难情绪

永是流浪的不安心灵

雪山上月亮占领了每一种孤独

就连燃烧的往事，也一一冷冻

我现在需要杀死那些甜蜜的文字

那些虚假的文字，伪善的文字

它们眼下正在不香的内容之上吃香

正在不红的标题下面走红

杀死它们！我说

且不管它们如何富有

我曾经受它们欺骗，被它们愚弄

我曾经错误地出现在许多地方

错误地、不分红色黑色

现在每一次回忆都意味着消失

不可能保留当年的神气

那么，杀死它们！杀死那些软足的文字

杀死那些脸厚的文字

也杀死自己那些贫血的文字

我现在惊恐我内心的空了

诗歌的胆！这精神多么怕庸俗充塞

灵魂的能量够不够拯救的消费？

太阳病了，灯塔病了

长城上的云和昆仑下的花也都病了

我躲在铜锈最少的角落消毒

总不能永远拒绝门外的响动

再幽暗的秘密，也总得打开

横竖总要走进那个陌生世界

但是荣誉、信仰和爱

这一切总不能从此衰败

诗歌的胆啊弥漫以剑的威严

壮阳以抒情的骨气

事物一件件被尖锐透视

生活一片片被灵感过滤

我现在需要游览四面八方了

以阳光洗尘埃，以海水荡灰烬

我现在一无所有，唯有诗歌

孤零零傲立于银闪闪的世界

我要活下去，我要升起来

我要高高远远地去飞，去飞

诗歌的胆啊给我以充满的勇气

这最后的命运，使我一惊

我想我已深入严峻的冬夜了

1993年

风　筝

这风筝是很痛苦的
断线之后，故乡就不存在了
远方也不存在了
天空一下子失去了方向
飘着一位一戳就破的醉汉
风，真的很疯
薄薄的一条命
充满孩童离家出走的险象

三十年河东
柳树依然发芽
四十年河西
桃李遍地开花
这风筝在两岸之间
升起，落下，升起，落下
又升起，又落下
这风筝是很痛苦的
挣扎了一整个下午

最后一头栽下了地平线

这是我亲手糊制的风筝

多彩，对称，睁大眼睛

给我一线垂钓彩虹的手感

舒适，惬意，沉稳

概括远游的风情

晃动流浪的美梦

上升云的高度

飘扬鸟的欢乐

突然之间断线，放飞的美感

再也收不回来了

这是我亲手复制的朋友

这是我亲手粉碎的梦

断线的风筝，你知道么

昨夜的雨，把我淋得好苦哟

1995年3月20日

死 后

这是我的遗像
尽管扩印得随随便便
我的眼睛
还是明明亮亮留了下来

这可是万万没有想到的啊
大家认为我死了
几缕劣质香烟
妄图再一次修改我的脸面
致悼词的家伙故意咳嗽几声
念祭文的，哭腔比笑声还要难受
我尤其注意到情敌
在嘴边挂出几千个微笑

我的政敌泪流满面
也唯有他哭得最惨最惨
这也难怪，狮子倒毙之后
山羊还有什么显示价值的地方？

我的债主捶胸顿足

我的借主身心解脱

我的左邻右舍沉默两秒半钟

然后，大家心满意足

送我到地狱去

到百年以后化为黑烟的地方

我的遗像同蜘蛛网挂在了一起

甚至在我生日那天

也没有人忆念起我

我的亲人活得快乐幸福

打扰他们真是天大的罪过

我自己怀念自己

从遗像上走了下来

走在没有人认识我的世界

1996年

与古人处世

与古人处世。古人是今人的一部分
今人所作所为的一切，全在古人那里一一印证

你与水抗战八年，三过家门而不入
洪水退去，大陆发出新绿，贡品渐渐丰富
后人一边赞美你的功德，一边吃你变的熊肉
你父亲九年治水的工夫，只变成鱼
后人一边垂钓你的父辈，一边怀念你的大恩

三天三夜煮不烂你的头啊，你的父亲
铸就人间最绝的剑，并且先饮自己的血
尔后饮你，头颅在金鼎里唱着怪歌
侠客替你砍头大王，叫他也尝尝宝剑风声
人间命运永远如此：造者、被造者与想造者
最终埋葬在同一座坟墓里，不分彼此

三天三夜风号你的泪，大哭彼岸的哲人
你的命，涉足到源头，便顾不到尽头

涉足到尽头，便顾不到源头

你的足，永远不能，同时亲切那两条河流

你的朋友，和你同时痛哭在岔路口

他也是地地道道的智者迷途：两条路

不知道哪一条好走？挥泪而返

至今留着千古的谜，最后回到出发的原地

你的苦心打成了铁，不外乎为了那片君臣功名

母亲去世，你迅速干号三声，便立即止痛

又专心读书，头悬了梁，锥刺了股

王要你杀妻，你立刻杀妻。王要吃肉，你煮熟小儿

你的苦心是铁打的毒，你杀我不仁

我杀你不义，你知道我吞食自己的眼球吗？

你射中我右眼，我便把一半白天从箭头拔下来

但我立马最毒地一吼，三军便在颤抖中轰然败退

你恨光芒你便拼命追日，喝干了三江五湖好水

你恨村庄你仙一样奔月，飘入桂香里有什么奇绝？

而你的丈夫，可为动物植物干了好事情

一口气射下九轮剧毒的太阳！

你恨路窄，你便老着骨气移山

子子孙孙无穷无尽，总会到平原

你恨死水，便夜以继日衔来树枝填海

填不完的悲哀！为什么美好性命这样夭折

风萧萧兮易水寒！风萧萧兮易水寒！

你知道你是壮士一去不复返

你知道你会使江岸的头发立起来

占尽大智大勇的古人啊

我们只能是小智小勇的翻版

统领大仁大义的古人啊

我们只能重复小仁小义的一点

大恩大德，大悲大喜，全在古人之中痛快倾泻

今人一切的真，一切的善，一切的美，一切的爱

一切的假，一切的丑，一切的恶和一切的恨

全在古人之中找得到始祖

与古人处世，今人没有什么眼睛的奇迹

耳朵的奇妙，双手的奇巧，没有什么大脑飞跃

声色的魅力，语感的壮美，没有什么

今人的一切，无所谓悲哀无所谓惊喜

看吧，坐在简单的树下

相邻简单的河流，简单的路

每天接触那些简单的云，简单的风，简单的雨

唯有一部高远深重的古书，够我阅读一辈子

做简单的今人，与不简单的古人，永做伴侣

1996年

青城后山的钟乳石

谁也没有想到

青城后山葱茏的掩盖

深藏着一座水晶世界

逆着瀑布飘逸的方向

黑暗之谜已被光明洞开

牵引旅游的翅膀

也牵引智慧的想象

我来了，在时间面前醉倒

在深厚的怀想中

顿感自己渺小

这样急切切想和历史握手

这一切禁止抚摸的鬼斧神工

我真的想摸

想得到的温柔，来自远古

这龙飞的沉默，这鹤翔的沉默

这钟乳石坚硬无比的沉默

是水的杰作

是水的千万年杰作

是水的温柔无比的杰作

谁能想到啊！完成这些杰作

这些水完全处在黑暗之中

一点一滴，一点一滴

一点一滴……

就这样让历史凝聚，让时间凝聚

让深重无比深奥无比这钟这乳

凝聚这天柱这玉女这华灯这牙雕

而我悄悄轻抚的这一厘厘优美

而水，要走千千万万的路啊！

这水完成这座壮丽溶洞之后

有若大彻大悟的圣人

朝着光明投奔，形成飘逸的瀑布

我逆着它们的奔流而上

如同回归哑默的时间隧道

但在这里，历史发出了轻微的一笑

1996年

梦见我在圣山体内

在圣山我看见人的原体层层叠叠
构成深度纵横的永恒黑暗
前世的汽车、房子带不进来
只见永恒沉默、永恒无知并且一直下沉

我坠入一直下沉的地狱通道
拥挤的人体黑暗如魂
概括着生命错误的全部意义
夹在这半永恒与那半永恒之间
仅仅一瞬间，宇宙便以黑暗复原

思维只是瞬时即逝的亮点
位于浩瀚的黑暗大海
它是海底捞针的那尖亮点
真比针眼还要针眼
一刹那，就沉入永世不归的深底

我在圣山体内无法呼吸

保持着一直清醒的恐惧思维

我要活下去，我要宇宙尽头的一线光明

而且我已看见了那是唯一出口

茫然回头，星空已经全部化为灰烬了

就这样与冰冷的人体相拥着

构成深度黑暗的厚重圣山

一直坠落，直到噩梦悄然惊醒

2002年3月6日

一张树叶匆匆下葬

一张树叶匆匆下葬

匆匆忙忙的礼仪

引起树根不满

想起隔壁老人

守寡一生，辛勤抚养小儿

酱盐柴米一粒一粒辛勤

炊烟纺织一线一线辛勤

年纪轻轻就已皱纹

起早摸黑，一顿咸菜一顿白水

手上磕磕绊绊的茧巴

脸上细细密密的汗滴

终于儿子成长，一表人才

邻里人都说老人有福了

老人一脸皱纹

笑看自己儿子成人

在厂里谋得一份工作

终于有炒花生米吃了

终于有一盅小酒喝了

老人尖着小脚走路也生风了

老人开始盖上新铺盖

床头帐钩钩上了蚊帐

千辛万苦有了依靠

一生的心血化为瓦房

瓦房后面还有后院

后院内有一棵树，一水缸

邻里人都说老人有福了

终于笑眯眯去世在梦中

守寡六十年有了归宿

但是儿子！

没想到一张树叶匆匆下葬

漂亮而又高大的儿子

仅仅两百元就把老人的瓦房给卖了

随后跟随新娘扬长远去

邻里人都说：阮婆婆还有啥子意思哟

阮婆婆还有啥子意思哟

六十年心血就值两百元哟

养儿育女还有啥子意思哟

气得周围的老人捶胸顿足

一张病叶的虫眼还留着血印呐
一张树叶却匆匆下葬了
想起从前的阮婆婆
一棵古树老泪纵横

2005年3月22日

痕　迹

痕迹正在被天空抹去
天空说：我没有办法
我的好脸也被抹得只剩下半张
而人间的抹法却越来越快

爷爷的土墙被爸爸的砖壁抹去
爸爸的砖壁又被儿子的瓷砖再抹
村头最后一棵桂花树是被烟囱抹去的
白色的塑料堆抹去了草影最后的涟漪

看看城市！谁还记得老街坊是谁
妈妈珍藏的剪纸，早已在女儿眼底烂掉
发射塔剪去了彩虹，冷面楼剪去了雾
谁还在乎细心体贴季节冷暖的肌肤

痕迹从旧日记抹去，从黑白照片抹去
烟抽的故事随着烟消云散了
酒饮的记忆沿着酒香飘远

哪里还有深巷，哪里还有蝴蝶野花

用不着一个世纪，仅仅一个早晨
有人，便从云的视线断炊了
从此永远隐秘，天晓得是隐秘给谁隐
痕迹形同化雪，再美的降临也悄然如烟

2005年12月30日

梦见成功道士

梦见一屋，其古如钟
一人身着异服，纽带紧身
自称"成功道士"
来自天涯海角
但又活生生活在现代

我对他疑鬼疑神
很可能是个盗贼
要么小偷小摸，要么窃取星球
他两眼朝上，屋顶就灰暗了许多
嘴在转动，我听见地下啧啧有鼠

忽然，他说一声"师傅来了"
便有青面老者冷衣如水
一言不发，只向餐室走去
一群古代石雕浑身如灰
但都蠢蠢欲动，并且真的动了
他们脸上各有表情

他们紧随师傅而去

呵，原来石像也是要进餐的

他说一声："吃饭了"

窗外便有浩浩荡荡队伍

全是浑身起灰的兵佣马佣

闻风而动，朝着城里迈进

我对"成功道士"开始信任

他们表面简陋，内怀深功

身手果然非凡

而梦，没来得及等我跟他们上天入地

就在这时偏偏醒了

醒来，就见自己的书屋浑浑懵懵

仿佛天涯海角，其古如钟

2006年9月6日

亚马孙雨林古城

1492年对我来说是个无关概念

一如哥伦布对我而言同样无关

他们到来之前，美洲大陆我行我素

道路四通八达联络许多繁华社会

树叶和石头灌溉着我们的血脉

长矛和黄金交换着我们的传统

这样很好，美洲文明与外面世界无关

我仅仅是一座和平的雨林城堡

玛雅文明一夜之间在森林消失

毗邻的印加帝国也以友好断送河山

铁血覆盖了整个美洲，1492年

从那以后，他们带来杀戮、瘟疫

我的人民纷纷倒地，只有黄金纷纷出走

仅仅一夜之间，我的城堡空空如也

树木从血泊中站立起来，野草越走越远

从森林中抢来的地盘，现在物归原主

热带雨林覆盖了整个记忆

枯藤取代了道路，窗台爬满了苔藓

我即阴暗、哑然、房门倒塌、城墙削落

我的历史交给叶林掩埋，腐朽，毫无怨言

我在空旷中完成使命，在遗忘中结束文明

这样来自于森林又回归森林，这样也好

想起许多城堡日晒雨淋，我很安宁

我在永恒中获得沉静，也算命运，尘埃真轻

为什么2008年，是谁借助卫星将我唤醒

我是一座早已消失的亚马孙雨林古城

我不愿意成为人们盘算的另一座吴哥

更不是庞培，我是我，愿在森林中永得安息

你们借助卫星绘制我的位置，泄露我的村庄

掩蔽的隐痛再次复苏，意识里面只有悲情

安魂已不可能，重见天日只有伤痕累累

一座死城活了，活了，只会为人类永远哭泣

2008年9月1日

注：路透社华盛顿8月28日电：科学家在卫星图像的帮助下发现，巴西亚马孙热带雨林中的一大块地区是几个古代城镇的所在地，大约5万人曾经居住在那里。

铁托故居

说不清是在地球胸部还是腹部

铁托，这个沉甸甸名字

曾经压得地球气喘吁吁

库姆罗瓦茨和5月25日

南斯拉夫圣地和领袖生日

山路弯弯，风景秀丽，宁静怡人

多少人千里迢迢来朝圣

鲜花和旗帜组成崇敬热爱的海洋

如今可轻飘飘了，铁托故居

由喧嚣而沉寂，藏身于民俗博物馆内

再也没有节日盛装，一切叶落归根

铁轨锈迹斑斑，旁边野草丛生

村子外硕大停车场空空荡荡

甚至，就连它的标牌也不见了

只是在博物馆的历史条款内

才有一栏提到"前身是铁托故居"

当年的金字塔招牌，如今命薄如纸

仅仅是几十座民俗博物馆的一部分

左邻右舍那些铁匠铺皮匠铺

纺织作坊羊角梳子作坊婚房盐所

只有那些大大小小纪念品

还记得铁托，那些书籍、画像

明信片、打火机和T恤衫

还记得铁托当年是一个世界

但是历史一转身，铜像就孤苦伶仃

南斯拉夫大元帅铜像

头被炸了下来，又被重新安上

还好，这比被肢解要强

曾经深受爱戴的铁托，如今深受冷落

库姆罗瓦茨，不再纪念5月25日

不再标牌铁托的名字

而他的名字，当年在世界响当当的

在历史上，曾经弄得地球连喊带叫

转眼一瞬，铁托隐身民俗馆内

他在寂寞之中，重新获得平民的虚无

2010年3月17日

梦见雪地冰墓

梦见卿哥子或周船兄

还在边远地区工作

高原的脸色深刻而尖锐

铁红，铜绿或岩黑

见我伴随杨灿在走

忽然一团食物喷出

粘在我额头，恶心，难受

这是什么朋友

或者是什么程度的嫉妒

我对杨灿满怀着愧疚

进入别人祖传的领地了

那是白茫茫的雪地冰墓

一片千古笼罩四周

逝者依次安息，如在长睡

并且一个个成了坚硬冰雕

保持着生前的真实模样

当你走近他们跟前

他们的眼睛就自然睁开

在纯白色的容貌之上

显得格外幽深，黑暗

我面前躺着的

生前一定是个贵妇人

只见她两眼一开

黑夜在里面浓缩得好远好远

但她一言不发

我知道她是死的

墓边的藏族老人幽幽地说

"你进入他们祖传的领地了

他们的眼睛自然就会睁开"

周围来回穿梭各路忍者

皆以黑白主色

他们神情悲悯，无奈

因为找不到自己的安息

口中念念有词

皆是世界末日

我赶忙离开，越走越快

周船兄忽然变成卿哥子

他说：假设我们早就认识

岂不成了江湖传奇

我唯唯诺诺，汗不敢出

离开，周围是冰天雪地

躺在墓里的逝者

个个僵冻，生冷

他们的眼睛已经闭上

面容和衣服融入白色

而在茫茫苍苍的四周

来自四面八方的忍者

他们的穿梭又黑又白

2010年12月31日记于和风家园

卡扎菲之死

一觉醒来

卡扎菲已经不见了

苏尔特下水道

成为最后平台

像这样中弹的不多

阿连德就是其中一个

但是阿连德是倒在宫中

而不是被抓成俘虏

萨达特在庆典时中弹

倒在阅兵台上

总统啊总统

或者元首啊元首

在一颗小子弹面前

他们跟凡人没有两样

想起中东三巨头

他们给国家带来过影响

从被绞死的萨达姆

到铁笼中的穆巴拉克

直到今天消失的卡扎菲

他们都是军人

手里都握满了炮灰

高高在上的时候

他们是民族英雄

他们是革命领袖

他们是战无不胜的肖像

鲜花丛中的掌声

旗帜海洋的光芒

突然吭当一声

他们都下课了

独裁或者家族统治

洗白一个又一个国家

不，洗白的不是国家

而是他们自己

走进总统府或者帐篷

同时也就走进洗衣机

历史的洗衣机

靠了内力和外力

把独裁或者家天下气候

洗得干干净净

冲走遍地血污

他们的挂像从墙上滑落
铜像被推倒
原先欢呼和军乐响彻的地方
现在是战火留下的垃圾场

想起一个人的一生
曾经光荣或者革命
为什么不在巅峰时刻
恰到好处急流勇退
这样的例子很多
从本-古里安到李光耀
同样是一国之君
同样给国家带来过影响
他们功德圆满
他们功成名就
终身得到爱戴和拥护
甚至，也有儿子当总理
如果国家的钱就是自己的钱
那么，国家的人就是自己的人
而不是逮捕，杀戮
听不得反对意见
萨达姆就算不绞死
也会被子弹壳给活埋

他手头捏着的欠命条太多太多了

曾经英雄或者荣耀

卡扎菲染绿了北非天空

绿色王国就是家族王国

这样治国早晚出事

反对派从少年开始

哪管你每天三呼万岁

同时在国际上树大招风

哪怕你国家浮在石油之上

这样铁腕早晚惹祸

哪怕你庆典焰火纷飞

砰的一声，巨人倒下了

凡人一样成为尘埃

他的影响已经消失

他的影响永无消失

他从今天开始正式下课

他从今天开始正式上课

他是明天一切国君的老师

他给明天上了一节统治者大课

2011年10月21日匆匆写于斜江村

257

梦见风水宝地

是有这么一块风水宝地

依山傍水，离城而居

多年前我曾经梦见它

因梦前往，留下些许记忆

黄昏的雾打湿了所有来者的车

去者的路，以及所有留者的门庭

方向折成树枝，在谷地深深浅浅

尽头扭成曲径，在路口高高低低

我来了，对着不眠景象徘徊

我的许多话语，瞬间形成粉状

外婆的灵寝就在其间

顺数第二或者倒数第七

一些僧人占据洞穴

他们金黄或者土黄

一些活佛，游走于红庙与黑树之上

一些古人，就在夜色背后隐约谈笑

牌坊在巨大夜幕下融进蛛网

石碑投影长长的道路，在山门外
无数地平线一条接一条缓缓抵达

父亲的灵寝也在其间
布衣深重的背影，卷起纤纤尘埃
他记忆中的酒巷一天比一天老朽了
却又一天比一天年轻
从问路的纬度开始，到指路的经度结束
更多的酒巷在远方诞生
就像更多的杯盏在最近消失
风声，咳嗽，阻挡不住前进的落叶
它们对许多灵魂说着同样的话语
左听右听，终归一句入土为安

今夜，这风水宝地属于文化人故旧
一个名叫干屏轩的文化人
站在观景台上高谈阔论
他谈的道义都是事实
他讲的玄妙，肯定饱含多种契机
忽然他就风骨全干，成为眼前木乃伊
而他刚才的音容依然健在
一个个落点，形成文字

忽然他就躺在沙地直达远古

这风水宝地不属于文化人故旧肯定不行

完整的狮子，躺在沙丘

表明古代早已敬畏大自然神力

文字是上天赐予的，却是大地孕育的

文字在干屏轩的丝绸上预言未来

而他却干干净净躺下了，睡得真香

周围是其他茔地，雄鹰的，雪豹的

甚至，玉莲花和仙人果的，井然有序

岂可排他。这块风水宝地叫我茅塞顿开

干屏轩隐去。风声留下

文字在空中飘飘洒洒，就像蝴蝶刚刚问世

一幅不朽的醒世文章迎风挺立

透明而深邃，把奥义读给世界听

把风景读给岁月听

我梦见的风水宝地，在月亮背后

2013年8月28日记于斜江村

约婉卡

这世界，谁还记得约婉卡
你不记得，我也不记得
《参考消息》登出她去世消息
我才想起，想起当年世界的铁托

有时候也去网上搜索
瓦尔特保卫萨拉热窝
桥，元帅与演员的故事
是谁，向领袖索要至高无上的军衔
又是谁，把几个小国紧握成大国
在台上发言，整个地球都会倾听

忽然一夜之间，大国又变成几个小国
领袖被人唾弃，遗忘在平民与工匠之间
江山是靠不住的，人心也是靠不住的
靠得住的，是人们渴望生活得更好
更贪婪，更智慧，更美，也更自由

约婉卡离群索居，真的是举目无亲
贝尔格莱德破旧的别墅，秋风扫落叶
外面的世界得寸进尺，柏林墙被西风吹倒
大象和秃鹫，商量去莫斯科郊外的晚上

在这样风光、这样年华、这样妙曼的世界
约婉卡没有护照，也没有身份证
夕阳照在模糊的窗口，天空是别人的
听不见歌曲，世界空空如也，就像
人生最后的路上，没有草，也没有鲜花

约婉卡唯一的信念支撑着自己
活在这个与世隔绝的世界
深深的、深深的梦历史一样深远
"铁托对我的爱至死不渝"
她要葬在铁托墓旁，这微弱的声音
伟大的、伟大的地球啊，你听见了吗

2013年10月21日写于斜江村

注：约婉卡·布罗兹，前南斯拉夫总统铁托遗孀，2013年10月
20日去世，享年89岁。

262

驿　站

所有的云都一哄而散
谁叫你还倚在无人的路边
挽留岁月空空荡荡。老去的是神
而不是钻石，钻石在远方安了新家

最后一趟末班车载着挥手远去了
曾经的繁华如梦，如今只听得水响
蜘蛛网织在剪纸烂掉的玻璃上框
怨谁都不是办法，谁叫道路改变了方向

层层叠叠尘埃想不起自己是谁
当年是如何火热，如何店铺挤满整条长街
就因为你存在，水果唤着米酒
汤面唤着新茶。而你门外是九十九座仙山

一夜之间，他们都烟消云散，他们的吆喝
他们的喧嚷，他们的吵闹与欢笑
忽然只剩下你这张老脸，还写着当年的站牌

似是而非，耐着性子看他们一天天空旷

耐着性子眼睁睁看他们一天天模糊
一天天烂掉，一天天最后成为一无所有
而你是存在的。你的记忆藏在泥墙背后
它们最后一块砖还在温暖你珍藏的汽笛

　　　　　　　　　　2014年6月11日记于斜江村

晚　霞

就这样澄江让归舟刺绣着止水
塔影一线线收针于镀金的涟漪
是时候了，独步之月，起身于东村
瑰丽彩霞尽情将自己分发给画纸

画的是山村三月烂漫山花欢宴
南桥边夜啤下通宵达旦火树银花
最美是在四月情人江边，房车待嫁
整个夏天堆满辉煌世界物宝风华

画的是金秋十月漫山遍野黄花红叶
庙宇生辉。温泉荡漾五彩缤纷的浴衣
所有的山看水，所有的水看人，看你
愉悦浮世永远陶醉无边的浓妆艳抹

画的是此刻，天光正在浅浅淡淡收笔
岸鸟歇息。楼影承载最后光芒四射的珍珠
该知足了。一船一歌划不过夜色漫延

就连画龙点睛也无法阻止酡红流失

猛然酒醒。江边几盏似睡似梦的昏灯
霞光早已千里万里远在异乡涉足
该动身了。我知道哪里才是回家的路
且用清水洗去脸上最后的粉墨余晖

2016年10月20日写于临邛城

266

杨然影响评价摘抄

据我所知，现在我国中青年诗人中，追求诗歌的历史感、现代感和阳刚之美的，几乎已成了一种诗歌创作的新潮流，远非您所列举的几位诗人江河、杨炼、北岛、骆耕野、潞潞、王家新、王川平、宋渠、宋炜、石光华等所能概括得尽的，西北还有杨牧、章德益、周涛、昌耀、林染等，四川有廖亦武、李刚、杨然等，东北有徐敬亚等，还有一大批崭露头角有才华的青年诗人，亦有意在这方面一显其身手。因此，深入研究一下这种现象，倒是诗歌评论界十分迫切的命题。

——白航《致谢冕同志》，
《星星》诗刊1985年第10期

杨然是"未名诗人"中颇具小名气的年轻诗人，他的诗就是专门在现实生活中寻找题材，作者把握着了诗的特质，以他丰厚的知识，对所描写事物的深刻理解为基础，以磅礴的气势，驾驭住了诗的内容。作者却避开了事件的本身，一开头就将读者带入了浓烈的抒情气氛。

看来杨然把握现实大主题是聪明的，首先他是对事件本身的社会现实内容作整体把握，而在表现上则尽量选取具体形象构成抒情的氛围。杨然这类诗写作的成功，原因当然并不因其表现技巧的新奇而仍是在于他对现实的关心和准确的把握。

——朱先树《诗的新生代》，

《未名诗人》1985年第11期

这一年，《诗选刊》多次出现了一些读者陌生的名字，渐渐地，他们不再陌生。廖亦武，牛波、渠炜、杨然、岛子、海子、成子……甚至，可以拉出更长一串。他们普遍起点较高，似乎在正式写诗之前，进行了大量的"边缘"训练，底气很足，一经命笔，便出手不凡。

——阿古拉泰《淘金：痛苦而幸运的追求》，

《1985年全国诗歌报刊集萃》

在诗歌栏目中，以突出位置发表了高伐林、杨然的诗作。他们面对我们这个人类星球上的"人口爆炸"及战火频仍的严重问题，表现了深重的忧患，其情感是撼人心魄的。

——《青年文学》

1987年第8期"编者的话"

今年，《诗潮》的"青年与诗"，发表了杨然、韩东、周宏坤、曲有源、石光华、阎月君、西岸等人的较有一定的艺术质量的现代诗；也发表了著名军旅诗人周涛、胡世宗的力作《山峦山峦，丛林丛林》（长诗节选）和《长征》等这类气势磅礴的诗。同时，还在新辟的"诗人自选诗"栏发表了徐刚、李松涛、晓钢等人的新作。

——罗继仁《迈步三年——〈诗潮〉1987》，

《诗潮》1988年第1期

以年龄划分诗潮和诗派，是近年中国诗坛呈现的滑稽。海子、柯平、翟永明、石光华、杨然，你能说他们都属于"第三代诗人"流派？我列举出这几位，同他们的诗作优秀与否并无关系。比如，石光华从古诗中翻出了不错的禅意，我就记住了他的名字；杨然的诗很"大"，要么写宇宙黑洞，要么写人民，我也记住了他。

"第三代"一词只同功利有关，而同流派赖以存在的艺术风格和内在气质绝无相近之处。海子、柯平、翟永明、石光华、杨然，难以用一个浪潮或流派招纳之。所谓流派，同餐桌上的大拼盘并不一样。

——林染《疲软论》，

《星星》1991年第12期

杨然是一位活跃的、卓有成就的青年诗人。他文思敏捷，诗路开阔，题材广泛，也颇见功力。《唱海》几首短诗并不是他的代表作，却大体能看出他诗的个性：刚健、潇洒。我们可以感受到诗中历史和现实的沉重与寄托，冷峻中见炽热、真切中见精神。他对诗歌艺术的执着追求和强烈的社会责任感，以及率真的性格、十足的诗人气质，在诗中也有所体现。

——宗鄂《九一届青春诗会随笔》，

《诗刊》1991年第12期

去年秋天，杨然兄来信说他创作了首题为《给唐人写首诗》的长诗，我暗地为那个标题喝彩；今年7月，《青年文学》在诗栏头条推出了这首长达160多行的作品。杨然之所以要"给唐人写首诗"，要在那个"童子解吟《长恨曲》，胡儿能唱《琵琶篇》"的诗王朝远去千年后梦回唐朝，首先是基于他对传统文明沦落的忧叹和诗人心路历程的漂泊。面对世纪末灰色情绪，诗人梦回过去，既是为了寻求异化的自己，也是为了回答现实的挑战。正是这种悲观和偏激使这首诗真正具有了光芒和力量！也许，在我们这个被文化快餐、卡拉OK、录像镭射包围的年代，还有诗人愿意为远去的昨天写首诗，正是我们的希望之所在。

——聂作平《梦回唐朝》

1993年8月1日

从版面上看，这期诗歌并不算多，但质量确属上乘，可谓少而精也。我们的原则是宁缺毋滥，每期力争推出一两位国内诗坛具有影响的作家来。四川诗人杨然，十余年来，蜇居在邛崃的一个小镇里，不为外物所惑，平心静息，甘于淡泊，每有佳作寄来。这一组可谓明证，文字老辣，想象奇异，在长时间少气无力的诗风之后，实为超拔之响。

——《草原》

1994年第2期"编者按"

　　杨然是我熟悉的诗人，但我了解的只是他的诗而非他本人。我与他通过信，却至今无缘谋面。不久前我刚在《诗神》三月号上读到他的开卷之作《千年之后》，技术性写作充斥诗坛的今天，难得读到这样大气实在而又有韵味的诗歌。

——杨克《点评》，

《九曲溪》1995年总第16期

　　杨然诗作《中秋月》列入诗评家毛翰精选的20篇"中学语文教材新诗推荐篇目"，毛翰的理由是："在海峡两岸对峙了35年的那个中秋之夜，诗人写下了这一酣畅淋漓的爱国主义诗篇。中秋月，是故国家园、离愁别恨的永恒意象。蜀中诗人杨然几乎不露痕迹地把这月华诗魂丝丝缕缕织入自己的诗章；还有那平平仄仄地鸣唱于韦编竹简、线装诗卷的蟋蟀，那曾醉倒无数迁客骚人醇香中带着苦涩的菊花、桂花酒浆，以及羌笛、阳关、烽火台等的随意拼合，使此诗意境显得更为旷远、深邃、沉重。"

——毛翰《听唱新翻杨柳枝》，

上海《语文学习》1999年第10期

这是本年度也是20世纪的最后一期《诗潮》。站在世纪之交，深情的回顾和昂奋的展望交织在一起，大到祖国命运和世界风云，小到《诗潮》十几年走过的道路，都让人心潮澎湃。我们愿和诗友一起，和诗友在一起，迎接新世纪，共同创造和歌唱祖国的未来。把四川诗人杨然的几首诗放在卷首，是因为他对诗歌艺术的本质、魅力和诗人价值的深刻理解与对这种感悟的完美表现，以及他的这种既质朴平实又奔放鲜活的语言风格。

——《诗潮寄语2000、6》，

《诗潮》2000年第11—12期

我希望能把他的《中秋月》再读一遍。很多年前我在《星星》上读到过它，非常陶醉而喜悦。我至今仍记得那一次读诗的陶醉，却不记得具体的诗句了。那是我十分清晰地印到脑子里不多的几次对汉语新诗阅读的印象。我可以把这一系列印象所属的诗人姓名（如他，他们均有一两首具体诗作）排列如下：顾城，北岛、何其芳、陆忆敏、柏桦、穆旦、康白清、杨键、海子、林庚、废名、食指……我无疑已遗漏很多优秀的诗人。但如电闪雷击般的阅读光华，在我们漫长的一生，确实并不多见。多年前的他的《中秋月》可算一例。因此三年前的在盐城一见，至今记忆犹新，也喜悦至今。我后来读及他的诗作，据粗浅的印象，仿佛特别适用于朗诵。他的诗歌里总有一种略带嘶哑的沉静的声音，在夜色的包围里，周围有着雾气和疾驰的云层。痛苦，激动不安，曾深深打动过我——他是我见了面要用怀有感激的目光去朝向的那类诗人之一，他将使他的读者对某一名字怀有特别的感情，那感情，此时此刻仍在我心里。

——庞培2001年《点评杨然》

其实，杨然应该是我的老师，《寻找一座铜像》也应该是我的老师，在学诗的初级阶段中我们的老师比我的诗歌更重要。直到1998年秋天，在苏北的一个诗会上，我见到了杨然，与作品中的杨然摆在一起，我看到了诗的和谐与真实，一位不肯放弃方言的诗人，竟是一个普通到可亲可爱的兄长。于是他的那些浸透着人格魅力的诗歌，以亲情融进生活河流并开放成浪花的诗歌，以鲜活的语言呈现和塑造的诗歌，都成了我能够从中获得自信的文本。

杨然从《寻找一座铜像》开始，诗人的血液里就流淌着时代的色调，比如对"巷子"这一概念的阐释就多次成为他诗的意象，《怀念一条巷子》《写一条深巷》，以至延伸到《黄叶街》和一些诗句中。我们不难想象诗人生活的环境和场景，以教书育人的一种朴素姿态生存在生活中，然后出入遍地方言的街巷、关心着柴米油盐、邻里的相处、家庭的变化、爱情的遭遇、子女的荣辱、国家的新闻……我似乎已经看到了，诗人这30年来用诗歌浓缩了怎样的一段当代历史，这对诗人本人也好，对诗歌本身也好，其价值只可用黄金来戥量的。

因此，杨然的为人和为诗都可称之为我的老师和兄长，其实，已经是这样了。

——十品2001年《点评杨然》

此时此刻我想说的就是"杨然是我们这个时代最具有才华的诗人"。记得杨然当年一首《父亲，我们送您远行》中的一句"太阳忽然一声尖叫"，至今还在耳旁回荡，这种独创性的形象大于思想的佳句，才使我更加觉得"诗歌是人类和宇宙中最光辉而美丽的形象"。

——枫叶2001年《点评杨然》

1958年出生的杨然是当代诗坛的知名诗人。他以先锋的姿态行走在现实主义的城乡大道上，不懈地关注着人民和民生的主题，同时也行走在对时代、历史、时间、命运、文化这样一些宏大命题的叩问和思考中。并且，他还是一个倾心于大制作的诗人，他以汉赋式的排比长行，在激情、宏富、雄辩中解构着以上命题，使人切实感受到了一个20世纪50年代出生的诗人所特有的精神指向和宽厚的文化底座。然而，杨然又选择了一条特殊的道路：与同代人中那些激进的先锋诗人相比，杨然似乎缺乏文本上的尖锐，但也同时拒绝了极端；与中国新诗中的传统诗歌相比，他承续着其中的民生情感和质地上的结实，但在精神文化形态上，又呈现着鲜明的当代性。从这个意义上说，他表现了一个诗人的真诚，他在现实的基座上坚持前倾的姿态，却拒绝姿态性的表演。正是这种我手写我心的坚定，才使得这位20世纪80年代的诗坛健将，至今仍保持着一种稳定、持久的写作态势。

如果把杨然同其后的四位加以比较，我们就会发现他的写作几乎成了当今诗坛一种落寞的孤品。所谓的蜕变，乃至于裂变，在他之后60年代、70年代出生的诗人身上，已经成为一种革命的快乐。

——燎原《"我还年轻，我渴望上路！"》，
重庆出版社2003年《五人诗选》

在我的印象中，杨然在早年就颇有诗名。杨然的诗思是豪迈旷逸的，境界则豁达沉静而浑雄，诗歌文本则是繁复包容的——读他的诗歌，我想到了孟子对美的定义——"充实之谓美"。因为他的诗歌中有一种超越一己个体的人文关怀和"人民性"，有一种阔大的情怀和豪迈的内在精神气质。

——陈旭光《五驾马车：永远的抒情》，
重庆出版社2003年《五人诗选》

真正的诗人以信心，给狂妄过幻想过不耐烦的诗人以清醒。他可能身居僻野，可他的渗透传统又带着反叛传统意识的沉实有力伟岸峻拔的诗歌，连续不断在全国的诗歌大刊刊之，且在全国大赛中频频获奖。厚重的思想抒情，充满想象、构象奇特准确的语言，那似乎是杨然式的，这确让人钦佩和惊叹！

因为喜欢他的诗歌而喜欢杨然！

——李俊功《可贵的杨然现象》，

民刊《诗人》2003年6月总第3期

综览杨然的创作，从中可以体验到诗人在笔下对现实生活的强烈指涉和愿望式改造，从其诗歌的抒情选材和意境内质拓展上来看，是与同时期扬名的诗人相异的，他将诗歌的话语予以历史化、崇高化、智性启谕化，强调了对中国传统诗歌新的探索和建构，从而在对同时期的"第三代"诗歌语言的汲取改造，选择了一种比较模糊/非明晰化的写作，使自己的创作走向中庸/中度写作之路。

——钱刚《贫困时代精神世界的诗化拓殖》，

"颜如玉网"2005年9月7日

20世纪90年代中叶，一首诗对我的影响持续至今，那是《星星》1995年第4期上的《我就是黑脸杨然》。当时我还是一个读惯了《有的人》《回延安》等诗歌的学生，猛然间读到了"我就是黑脸杨然/刚刚从南非归来/投了德克勒克一票/一张可有可无的价值/回到乡村，依然教书"这样的句子后，第一感觉是脑袋里像投了一枚炸弹：诗歌原来也可以这样写，于此开启了我新的文学之路。

——王国平《曝光杨然的"诗"生活》，
《王国平的秋色平分》2007年6月13日

我想说一说杨然，这位早已成名仍笔耕不止的"老"诗人。他的《写给女儿灿灿的二十八篇絮语》可谓穷尽了一个父亲深沉博大的父爱的万千形态：喜悦，思念，担忧，向往，怀恋……是的，"感人心者，莫先乎情"，情，是这一组诗的最大特色，它不仅呈现了情的纯洁、深沉，还呈现了它的万千情境——这才是诗之妙处。诗歌的语言是鲜活的、透亮的，叙述的语调是亲切的、迷人的。前半部分写女儿童年的似乎更活泼，有童趣，清新明快，闪烁着浪漫主义的光芒；后半部分转向深沉，有朴素的说理，也有说着说着偶尔拉不住缰绳了。在艺术的体貌上，似乎有20世纪80年代的某种美学特征。

——草树《贾岛治下的七个诗人和一个批评家》，
《静水深流》2007年6月29日

惊叹《芙蓉锦江》的美观大方高雅与厚重！今天在4个听证

会忙得不可开交的情况下，收到杨然寄来的2本《芙蓉锦江》。我目瞪口呆——这么厚重这么高雅这么严肃地放在我面前的，是杨然主编的《芙蓉锦江》吗？今天，杨然，让黄婷感动已经无话可说了！在《芙蓉锦江》面前，我可以用震惊来加以形容！成都！我为你骄傲！因为有杨然这样的诗人！

——黄婷《怀念品牌诗人》，
《诗歌家园，商圈智慧》2007年7月5日

在这个先锋已成为现状而非前兆的众声喧哗时代，杨然的写作是反先锋的、未被污染或强加的、汉语和中国的。更为重要的是，杨然也是有恃无恐的，被当代许多诗人弃之若敝屣的"真情实感"是他至高无上的护身符。杨然已经我行我素，百毒不侵。杨然的写作是一种眼观鼻、鼻观心的生态写作。

——胡亮《杨然："幻灭"母题的传薪者》，
《芙蓉锦江》2007年总第2期

从某种意义上说，杨然是被诗歌史遗忘很久的人，或者说，这是一位"尘封已久"的诗人。虽然，早在20世纪80年代，杨然就已经写出了大量优秀的作品如《寻找一座铜像》《中秋月》《海之门》《父亲，我们送您远行》等等。而且，当时他的创作时间距离"朦胧诗"和"第三代诗歌"也并不遥远。

杨然在90年代最终被挖掘出来，既是其大器晚成的必然结

果，同时，也无疑是其耐得住寂寞，始终坚持诗歌创作的使然，而且，这种挖掘还恰恰与其常常被忽视的艺术个性有关。

对于90年代的诗歌而言，杨然的意义首先就在于其喜好和善于驾驭传统"大诗"的艺术风格。杨然的具有传统意义上的"大诗"正是在这样的一种情境下走到我们的面前的。对于杨然的"大诗"而言，首先，或许正是由于杨然在写作形式上十分喜欢以长诗为主，并喜好选择具有气象广阔的意象经营自己的篇章，于是，就往往造成了他诗歌写作中所谓的"大"；与此同时，正是由于杨然的这种偏好，才使得读者在初次阅读杨然的诗歌特别是其产生重大影响并常常引以为代表作品的"大诗"如《人民万岁》《人民》《千年之后》《空空的青春之碑》等都会给人大气磅礴、酣畅淋漓的感觉。

杨然的诗歌还具有自我的真实感受。对于这种鸿篇巨制，杨然总是灌注自己全部的热情与激情的。《祖国之诗》《千年之后》等不但将真正的热爱与情感，还将个人的经历以及对历史、社会、时代的情感体验融合在诗歌写作之中，而且，作者在具体的创作之中，也不避讳自己的想法甚至是师承问题。

在这种创作过程中，杨然还在自己所谓的"大诗"中表达了一种具有发自内心、深刻含义的忧患意识。而所谓的"忧患"意识，主要是指杨然的作品总是结合自己的生活经历将个人特有的体验在诗歌中表现出来。这种表达在杨然诗中主要集中在两个方面：其一，是对个体和诗歌本身的忧患。其二，是对时代乃至人类的忧患。

从艺术的角度上讲，杨然的"大诗"能够独树一帜还在于诗人经常将反复、铺陈、排比、对比等艺术运筹统一交融在一起，而这种手法一旦与发自内心的真实情感特别是忧患意识，以及追求诗歌力量和意义的现实主义创作方法结合的时候，其震撼力和穿透力就尤为显得突出。

对于20世纪90年代的诗歌而言，杨然是一个"另类"，而其别具一格的写作也使得他常常能够在"写诗的人已经超过读诗的人"的年代里独树一帜。因而，即使我们仅仅以发表的铅字作品为依据，杨然的意义和价值也是十分清楚的。即他不但丰富了90年代的诗歌艺术，而且，还在常常自费出版诗集的前提下能够安贫乐道，以诗歌为生命，始终不放弃自己终生的最爱，以及在担任官职后依旧保持我行我素的特色并为诸多后辈诗人所仰慕，因此，最终选择90年代诗歌史的角度提及杨然，并在对比中剖析其诗歌的意义和价值就显得具有自身的意义和价值了，而事实，似乎也恰恰如此。

——张立群《别具一格的写作》，

《大型诗丛》2007年总第12卷

《杨然诗集》的每一首诗都是生命的礼赞、激情的歌咏、睿智的独白，是情感的丝线串联起珍珠般散落的事件。让我们追随这位泛诗时代的圣殿骑士驰骋的轨迹，在纯诗的疆域作一次曼妙的心灵之旅，同诗人一起演算一部现实与理想不对等的方程式，我们就会在韵语的背后"诗醉"一回。从这部语速延宕而又不失张力、情绪集中内敛、绵密而肌理清晰细腻的《杨然诗集》中，我们不难发现，诗人在主张诗歌语言的革新，无奇异意象，只选取质朴、自然的人和物象入诗，他是写景状物的圣手。

我一直认为："诗要有诗味，诗要有诗品。"而杨然的诗就像茶，就像酒，可谓有品有味。诗人在33年来的诗歌创作和诗学理论的探索过程中，创作出了一批典范性作品、创建了一套独树一帜的"杨然主义"诗学理论体系，他的这种尝试和探索也将给现代汉诗写作以新的发展空间。任何虚拟的奖项都不适合杨然。诗人的最高荣誉是他身体力行、孜孜不倦地在沉沦的圣殿里垒筑起了独属于自己的诗高地，打马而过，勋章散落。

——蒋楠《泛诗时代的圣殿骑士》，

《青年文学》2008年第7期

我仔细研读杨然的诗歌是在收到这两本《杨然诗集》（上下卷）之后，这是两本令我惊讶的厚重的诗集，单就诗歌就是六百多首，还有诸多评论和随笔。我有这样的感觉：杨然是一个相信语言力量的诗人，是一个诗歌已经融入血液并且试图通过诗歌抵达一个生命的"场"的诗人。

杨然是集大爱和大义于一生的诗人，而又不乏对亲人、妻女和朋友无所不在的具体的爱。在他的诗歌中"爱"的含义非常丰富，辐射到的角落非常广泛。

——朱巧玲《重新为太阳命名》，
"芙蓉锦江·成都诗歌论坛" 2008年9月21日

　　杨然，1958年生于成都，以一人之力，创办并负责《芙蓉锦江》诗刊的编辑印行，又曾任成都市作协副主席、邛崃市作协理事长。因为这些原因，他自然要与众多诗人交往，但他却从不参加各种思潮流派，只是埋头写自己的诗。杨然著有诗集《星草集》《黑土地》《遥远的约会》《寻找一座铜像》《雪声》《千年之后》《麦色青青》等，并写有不少长诗，如《四十五岁》等。就诗的题材与范围来说，杨然的诗真可以说是"海阔凭鱼跃，天高任鸟飞"，山川河岳，日月星辰，草木万物，无不入诗。他在《唱歌在所有尘埃》中，甚至歌唱尘埃。他时刻敏锐地搜寻着周围和一切，只要一有感触，便发而为诗，或喜或忧，直抒胸臆。语言是流畅的，也有许多闪亮的句子。但他不太喜欢用重笔，而喜欢以一种轻快的笔调出之。故沉郁顿挫者少，而轻音婉韵者多。他作诗相当勤奋，诗之意念或意象也不断在脑海闪现。他对诗的那份热情与执着，可令英雄折腰，缪斯吻额。

——孙琴安《成都其他诗人》，
上海社会科学院出版社《中国诗歌三十年——当今诗人群落》2013年8月

认识杨然及《芙蓉锦江》，是在最初的"乐趣园"论坛。记得应当是"乐趣园"时代知道杨然这个名字的，我在他主持的"芙蓉锦江"论坛上不断的发表诗作，后来在2007年《芙蓉锦江》第1期总第2卷发了我的《诗侠行》。这本厚厚的诗刊令我欣喜，至今时不时的还要翻一翻。

杨然来了，他是诗坛常青树，诗有诗道，更有同道，他是携手同道的高人。我相信，在他自己的诗学体系中，在他主持的阵地《芙蓉锦江》，他有自己的选择原则。正如他所说的《芙蓉锦江》是"天下诗人之家"，他和他的团队为汉语诗歌做出了贡献，让许许多多的诗人找到家，这是怎样一种人间温暖啊！感谢杨然，感谢《芙蓉锦江》。

——樵野《杨然及〈芙蓉锦江〉》，
"芙蓉锦江·诗歌门户网站·诗生活" 2016年1月16日

杨然的诗歌语言呈现出这样的特点：粗粝汪洋而百无禁忌，明白晓畅而不惮直白，幽默睿智而亦庄亦谐。这是杨然胸怀大自在的境界，想怎样写就怎样写。套句四川话说，啷个巴适，啷个安逸，就啷个写哟。杨然说："自由的语言首先是诗人的自在。在台湾诗人中，郑愁予是个写诗写得很自在的诗人。"那么，我要说，杨然也是一个写诗写得很自在的诗人。

——何均《杨然，一个刻意给临邛树碑立传的诗人》，
2016年9月《芙蓉锦江·百芳林》第2期

杨然兄先是一个优秀的诗人，然后是一本书的主编，他也是自己诗意生活的主编。我曾想象，诗人在写完一首诗歌抽着烟喝茶的样子，也在想，杨然兄写完一首诗歌站起来抖擞精神的样子。诗歌指向人们的不仅仅是诗意，还是一种对美好生活的向往。写自己喜欢写的诗歌，做自己想做的事情，这不就是诗意的生活吗，我想杨然兄做到了，而且还做得很好。

——远观《谈杨然的诗，温习时间的韵律》，

《诗人研究丛刊》2016年12月创刊号